不埒なこじらせ
～好きで、好きで、好きで～

Katagiri Barbara
バーバラ片桐

CHARADE BUNKO

Illustration

小山田あみ

CONTENTS

不埒なこじらせ〜好きで、好きで、好きで〜 — 7

あとがき — 283

〔一〕

ホストクラブは、苦手だった。

そもそも男性である自分向けの場所ではないし、ごつい自分にはそぐわない。武石奏嗣《たけいしたいし》はそう思っている。

宮殿を模したらしい赤と金色の派手な内装は眩《まぶ》しすぎて目がチカチカするし、髪を茶色く染めて、細身のスーツに女好きのする外見のホストとはなかなか話が通じそうもない。

武石はどちらかといえば若者より、老人と話が合う。交番に毎日のように暇つぶしにくる老人をお茶で接待しながら、町内の昨今の様子を聞き出すのが苦にならないタイプだ。

そんな平和な交番勤務が性に合っていたというのに、なんとそのごつい外見を見こまれて、刑事にスカウトされてしまったのが三年前のことだった。

派手な活躍を夢見る警察官垂涎《すいぜん》の、花形部署。しかも、犯罪の多い歌舞伎町《かぶきちよう》を所轄に持つ、西新宿署の捜査一課所属だ。その部署は殺人などの凶悪事件が担当で、俗に『殺人課』と呼ばれている。

だけど、そんな殺人課で活躍することは、武石の憧れたものではなかった。

警察官を目指したのは、中学生のときに警察官だった父親が殉職《じゅんしょく》したからだ。とはいえ、誰もが納得するような形での殉職ではない。

さして昇進を望むことなく、地域の安全を第一に、交番勤務をこよなく愛していた父親は、ある日、刃物を持って暴れていた酔っ払いを取り押さえることになった。どうにか制圧し、その犯人が持っていた包丁を取り上げてパトカーに戻ろうとしたとき、転んで腹を刺した。その場所が悪くて、命を落とすことになった。

間抜《まぬ》けな死因だと思う。

その知らせを聞いたとき、武石はどんな顔をしていいのかわからなかった。多くの人に愛されていた父親だったから、葬式のときには悲壮感も漂ったが、同時に奇妙な空気もあった。

『あの人はいい人だったけど、おっちょこちょいだったからね』

おのおのが持っていた父親の面白おかしいエピソードが次々と告別式の後の接待の場で披露され、人々は泣きながら笑った。武石も母親も、そうするしかなかった。

武石が父親と同じ警察官を目指すことになったのは、そんな父親が好きだったからだ。かなうことなら自分も父親のように、地域に溶けこむほのぼのとした、交番勤務のおまわりさんを続けたかった。

だが、殺人課の刑事になってしまったのは、ひとえにその外見を見こまれたからだろう。

武石の身長は、百八十五センチだ。学生時代からことあるごとに『何かスポーツやってる?』と尋ねられてきた、厚みのある長身だ。幼いころから柔道をしており、それなりの腕ではある。

顔は特に特徴のない地味さだと自分では思っているのだが、その体格だけでもかなりの迫力があるらしい。

暴力団を相手にする組織犯罪対策課と武石を取り合ったのだと、配属後に捜査一課の課長から言われた。だが、配属されると刑事ですら暴力団じみた外見になると噂《うわさ》の組織犯罪対策課に配属されていたら、自分は今ごろ、どれだけ人から避けられる外見になっていたか、わかったものではない。

――怖すぎる外見になったら、二度と交番勤務に戻れないかもしれないなぁ。

また交番に配属になるのを期待している武石にとっては、そこだけは救いだった。

殺人課に配属されて三年の間、派手な活躍はなく、武石は下っ端として、ラブホテルなどの殺人事件の調査で靴の底をすり減らす捜査にあたってきた。

前の捜査が一段落したところで、相棒である大西《おおにし》刑事とともに新しい事件を担当するように、課長に言われたのだ。

ことの始まりは、二日前。

署を訪ねてきた損害保険会社の調査員から相談があったという。

『保険金殺人の容疑で、調べて欲しい人物がいます』

渡された書類によると、捜査対象は斎藤久美子《さいとうくみこ》という女性だ。三回結婚して、三回とも夫と死別している。

結婚を重ねるごとに受け取る死亡保険金の額が倍増し、一か月前に三人目の夫が死んだときには、なんと一億八千万円もの保険金がかけられていた。それだけの額を受け取れる保険となれば毎月の掛け金も相当な額となり、彼女の家計の収入を考えても不相応だ。

しかも、新しい保険が適応となるのを待っていたように、彼女の三人目の夫は死んだ。ただし死因は心筋梗塞であり、もともと心臓が弱かったこともあって、解剖されても特に不審な点はなかったという。

——だけど、確かにこれは、誰が見てもおかしいよな。

だからこそ、損害保険会社の調査員は、まずは自分たちで調べたが、死因を突き止められずに警察に相談に来たらしい。

このような状況であるので、通り一遍《いっぺん》の解剖では出ない特殊な薬物などの使用も考慮に入れて、調べなおしてもらえないか、ということだった。警察の調査結果が出るまで、女への保険金の支払いは、何かと理由をつけて停止しておくことになるそうだ。

「なるほどね」

課長から書類を渡され、ざっと事件の概略について説明された相棒の大西刑事は、深くうなずいた。

「これは、誰が見てもおかしい」

武石の目にも、これは絵に描いたような保険金殺人に思えた。

「どうします？　どこから調べます？」

課長から解放された後で、武石は大西刑事の指示を仰ぐ。刑事は新人とベテランが組まされるから、新人側である武石はずっと大西刑事に顎《あご》で使われてきた。その指示の下に動くことに、何のためらいもない。

「ん。まずは、聞きこみからだな。彼女が毎日のように通っているホストクラブがあるらしい。そこに行こうか」

その店は、新宿のオオバコだった。

客が大勢入る店であり、その系列店も近くに数軒ある。さらに、名古屋、大阪などにも支店があるらしい。

入店前に、まずは大西刑事に指示された。

「いいか。もしかしたら、そのホストが共犯である可能性もある。久美子の人となりや、金の使い方を把握する必要があるが、何もかも疑ってかかれ」

ごつい外見である武石とは対照的に、大西刑事は眼鏡をかけ、教師のような雰囲気があった。かなりのベテランで、髪の毛には白いものが混じりかけた、五十過ぎの刑事だ。

　ホストクラブに到着したのは、まだ開店前の午後五時ごろだった。

　口の達者な大西刑事が、まずはマネージャーに話をして、その女の担当ホストを呼び出してもらう。

　だが、マネージャーが席を立つ前に念を押していった。

「ああ。ですけど、うちのホストに嫌疑をかけるのはやめてください。彼の出勤に影響があるのも禁止です。何せその担当は、うちのナンバーワンですから」

　新宿のオオバコのナンバーワンホストとなれば、一日でもかなりの売り上げとなるのだろう。だが、その具体的な金額がまるで頭で思い描けなかった武石は、待っている間に横に座った大西刑事に話しかけた。

「大西さん。ホストクラブの捜査経験、あります？」

　武石たちが通されていたのは、広いフロアの片隅にある客席だ。そこから、客のいない店内が見渡せる。

　ぎょっとするほど巨大で派手なシャンデリアが、吹き抜けになっている大階段の途中にあったのを覚えている。ミラーボールがあちらこちらに下がっていた。シャンパンコールなどのときにはあれがぐるぐると回って、場を盛り上げるのだろう。

　宮殿をイメージした内装のようで、下の階から上の階に至る大仰《おおぎょう》な階段も見物だった。おそらくこの鏡張りの大階段を上がる客は、舞踏会の会場に向かう貴婦人のような気分になるはずだ。

それぞれのテーブルは独立しており、それなりの広さがある。歌舞伎町の一等地にここまで広さがある席を構えているのだから、客単価はかなりのものだろう。

「ホストクラブは、あまりないね。ホストをめぐっての刃傷沙汰とか、賭け代金をめぐっての恐喝とかはたまにあるけど、殺人までは滅多《めった》に起きないから、一課の管轄じゃない」

「ここのホストって、どれだけ稼ぐんです？」

気になって聞くと、大西刑事は天井を仰いだ。

「ピンキリ。下は月に数万円。その額じゃ暮らしていけないから、まとまって寮に住む。ホストってのは歩合《ぶあい》制でな。客が払った金の半分ぐらいが、だいたいホストの懐《ふところ》に入る。ただし、稼げば稼ぐほどその歩合も高くなっていくから、……そうだな。ここのトップクラスなら、億クラスもいるんじゃないか？」

「億？」

武石はぎょっとした。日々つつましく暮らしている地方公務員としては、到底想像もできない収入だ。

「億って、月ですか？」

「いや、さすがに年」

「年かぁ。……それにしても」

ここで億も稼げるのか、とびっくりする。安月給でこき使われる刑事とは、まるで違った世界だ。そんなふうに札束が飛び交う世界に客側として深くはまってしまったら、保険金を得るために殺人をすることもあるだろうか。最初の夫の保険金は、わずか二百万だった。だが、二人目の夫の保険金は八千万に増えている。

その八千万の金は、ほぼ使い果たされていたそうだ。

そして、これから入る一億八千万もの保険金を、彼女は何に使うつもりなのか。

「あやしいと思います?」

武石は続けて、聞いてみる。

まだ事件にもなっていない事件だ。立て続けに事件が起きたときにはこのような未然の事件にまでは手が回らないが、このところ不思議と歌舞伎町は小康状態だ。

だが、他に大きな事件が起きたら、そちらの捜査本部に組み入れられる可能性がある。そうなったら、この捜査は手放すことになるだろう。

「どうだろう? 先入観は持たないでおいたほうがいい」

そのとき、開店前のまだ薄暗い店内を、武石たちのいるテーブルのほうにまっすぐ近づいてくる人影が見えた。

まず目についたのは、その男が身につける銀色のスーツだ。遠目にも、そのスーツの派手さとホストの全身のバランスのよさは目についた。足がとても長い。ここのナンバーワンホストらしいが、女性に貢がれるのはどんなタイプなのだろうか、と武石は好奇心をそそそられた。

だが、そのホストは同性に愛嬌《あいきょう》を振りまくつもりはかけらもないようだ。

向かいのソファにどかっと腰かけ、長い足を組んだ。いかにも面倒だという心情を隠しもせずに、ぞんざいに言ってきた。

「俺に用って、あんたたち？　警察だとか」

銀色のスーツは、王子様ふうではない。いかにも歌舞伎町のホストだと誇示するような、少し悪っぽさの入った着こなしだった。茶色に染めた長めの髪を指輪のいくつもついた指でかき上げる。

スーツに合わせているのは、派手な花柄のシャツだった。スーツと揃いのネクタイには、宝石のついた鎖のアクセサリーがからみついている。

びっくりするほど整った顔立ちだった。二重の目は切れ上がって、印象的な輝きを宿している。鼻も高く、そげた頰のラインも美しい。彼ほどまでハンサムな男ではなかったらその派手な格好は滑稽《こっけい》に見えるのかもしれないが、見事にはまっていた。

だが、彼と顔を合わせた瞬間、武石の喉からうめきが漏れた。

「おまえ」

「ちょっ……！」

彼もそのときにまともに武石を見たらしく、ぎょっとしたように腰を浮かした。

互いに、相手のことをよく知っている。武石の高校時代の友人だ。

外見は知っていたころよりも、さらに洗練されていた。三十代に入っているはずなのに、少しもその肌の透明さは失われておらず、毎日メンズエステで磨いてでもいるかのように染み一つない。

思わず、武石は言っていた。

「吹雪《ふぶき》だろ、笹山《ささやま》吹雪」

高校時代から並外れて顔がいいと、校内で有名だった。その顔立ちは多くの女子生徒を惹きつけ、ときには厄介ごとまで引き起こした。

そもそも武石が吹雪と知り合ったのが、その厄介ごとがきっかけだ。クラスメイトになった吹雪の姿はやたらと目についてはいたが、部活に励む武石との接点はそのときまでゼロだった。

吹雪はいつでも一人で、他の男子とつるんでいる姿を見たことはなかった。

だが、高校三年の五月。たまたま校舎の裏で、ぼこぼこに殴られている吹雪を見つけたときには、さすがに無視できなかった。

その相手は校内で不良と呼ばれていた数人の三年だ。臆することなく割って入ると、彼らは焦った様子で逃げだした。中学のときから、柔道の全国大会で名を馳《は》せていた武石の

ことを知っていたのかもしれない。それとも、単にそのガタイに気圧《けお》されたのか。

吹雪が彼らに殴られていた原因は、不良の女が自分に惚《ほ》れた八つ当たりだと、その直後に吹雪から聞いた。ただし、吹雪はその女のことを知らないし、告白もされていない。

そのように理不尽な理由を説明する吹雪の目元が、殴られたために少し腫《は》れて、口元から血がにじんでいたことを、武石は今でも覚えている。

やけに扇情的《せんじようてき》だった。そのなまめかしさに、とっさに武石は目をそらさずにはいられなかった。ドクンと乱れる鼓動に慌《あわ》てた。

だが、それをきっかけに吹雪のほうから何かと武石に話しかけてくるようになり、武石も拒まなかった。登下校を一緒にするようになった。おそらく吹雪にボディガードとして利用されているのだとわかったが、別にそれでもかまわなかった。

要領がよく、頭のいい吹雪と話をするのは楽しかったからだ。ここまで顔がいいクラスメイトと触れ合ったこともなく、その顔に見惚《みと》れている自分に気づいて慌てることもあった。だけどこの顔は宝だから、殴られて損なわれることは避けなければならない。そんなふうに思った。

なんだか二度と、あのときの傷ついた吹雪の顔を見てはいけない気もした。武石に不思議なほどの惑乱を起こさせた、あの顔を。

そして、吹雪は武石とつるむようになってからは、理不尽な暴力を受けることはなくなったようだ。

武石自身は好んで喧嘩《けんか》をするタイプでは決してなかったのだが、百八十五センチの身長に加えて、柔道の有段者であることが、他人をけん制することになったらしい。

全国大会で入賞するたびに、校舎にそれを祝う幕が大きく掲げられた。だから、親しくない友人には、武石はいかにもコワモテに見えていたはずだ。虫も殺さないタイプなのだが、無口で愛想がなかったから、その誤解を解く機会は多くなかった。

そんな高校時代から、気づけば十年以上経っている。

「おまえ、ホストになったのかよ？」

そんなふうに武石が口走ったのは、吹雪とはずっと顔を合わせていなかったからだ。

大学に進学する吹雪と警察学校に進むことになった武石とは、道が分かれた。それでも利用する駅は同じだった。互いの家はターミナル駅を挟んで、反対側。徒歩圏内だ。

だがあるとき、吹雪が家族と暮らしていたアパートの部屋のカーテンが変わり、まさかと思って正面に回りこんで郵便受けを確認してみたところ、別の苗字が表示されていた。そのことに武石はショックを受けた。

それを見るまで、武石は吹雪が引っ越すと知らされていなかったからだ。あれは、吹雪が就職して五年後ぐらいだ。それまでもあまり連絡を取っていなかったが、吹雪にとって、自分は今後、連絡を取る必要がない人間だと宣告されたように思えて、ひどく寂しく感じたものだ。ここで、関係が断ち切られた。

「最初は、広告代理店に就職したって言ってたよな」

武石は吹雪に話しかける。

引っ越し以前に、吹雪と路上でバッタリ会ったことがあって、五分ぐらいの立ち話の中でそう聞いたことを覚えている。吹雪は就職したてで、真新しいスーツが似合っていた。あのときのスーツ姿と今はあまりにも違うが、それでもどちらも似合っていることは間違いない。

「そうなんだけど。上司と喧嘩して辞めて、ここのオーナーに拾われた。ホストになって、三年ぐらいかな」

「ああ、じゃあ、俺が刑事になったのと同じくらいか」

その甘い声と、魅惑的な眼差しを、武石はあらためて思い知る。

吹雪がいつもは不愛想なのは、その魅力を無自覚に振りまいてしまうと、後が厄介だからだ。武石はそんなふうに理解している。

何せ顔を向けられているだけで、彼のことをよく知っている武石ですらゾクゾクするぐらいだ。親友というものを他に持たなかった吹雪が、自分にだけは屈託《くったく》なく話しかけてくれることで、高校時代はどれだけ特権を得たような感情を覚えたかわからない。

考えてみれば、吹雪にとってホストは天職のような気もしてきた。何せ、これほどまでに見目麗しいし、相手の心をとらえて離さない魅力の持ち主だ。

女性ならともかく、男で顔がいいことがプラスに働くとは限らない。そのことを武石は身近にいた吹雪によって、思い知らされていた。学生時代には一方的に惚れられたことによって無駄なトラブルを引き起こすし、何かとチャラチャラして見られるのだと、ため息混じりに吹雪がこぼしたこともあったからだ。

だが、吹雪はそこにいるだけで、人の目を引かずにはいられない美形だ。彼にのぼせ上がって普通じゃない挙動を見せた女性を、武石は何人も知っている。吹雪の親友だということで、学生時代には何度も彼女たちに仲介を頼まれた。

もちろん、片っ端から断ったが。

「ああ。だけど、今はおまえ、その顔を生かせる仕事についたんだな。ホッとしたよ」

言うと、吹雪は複雑な顔をした。ソファにふんぞり返る態度の悪さは相変わらずだが、その俺さまな態度が、三十代に入って存在感を増した彼にはこよなく似合っているように思えた。

にこにこしながら吹雪を見ていると、大西刑事が割って入ってきた。

「武石。彼と知り合いか?」

武石はうなずいた。

「はい。俺の高校時代の友人です。けっこう仲が良くて」

「同い年？」

大西に聞かれて、武石はうなずいた。大西刑事が吹雪に名刺を差し出すのを見て、自分でも名刺を取り出す。

大西刑事がおまえが話せ、というように顎をしゃくった。知り合いのほうがいろいろ話してくれると、大西刑事は踏んだのだろう。

武石は向かいに座った吹雪のほうに、少し身を乗り出した。

「今は西新宿署の刑事をしている。今日はおまえに聞きたいことがあって、やってきた。おまえにはまって通っているという客の斎藤久美子について、教えてもらえないか」

「斎藤久美子」

不思議そうに、吹雪はつぶやいた。このような店では本名を使うことはなく、カードの支払いのときだけ本名を使うのではないだろうか。

そう考えた武石は、課長から渡された書類についていた女の写真をテーブルに載せる。それを見た途端《とたん》、吹雪は納得したようにうなずいた。

「ああ、久美ちゃん！　俺の太客《ふときゃく》。彼女がどうかした？」

吹雪の全身から、緊張は感じられない。

どこまで説明するか、少し迷った。女とホストがつるんで、保険金殺人を仕組んだケースもあると、大西刑事から聞いたばかりだ。

だが、吹雪がそんなことをするとは思えなかった。

その確信に従って、話してもいいか、とうかがうように大西刑事に視線を向ける。軽くうなずかれたので、武石は事情を隠すことなく説明することに決めた。

斎藤久美子の三回の結婚と、そのたびに増えていった保険金。損害保険会社がそれを疑って、署に相談を持ちかけたこと。

吹雪は少しだけ眉間に皺《しわ》を寄せ、いぶかしそうな表情でそれを聞いていた。

聞き返したのは、二度目の保険金が入った時期についてだ。四年前だと答えると、小さくうなずいた。

「何か、その時期に心当たりでも？」

「いや。そのころ彼女は、うちの店じゃなくて、別の店に通ってたはずだぜ。前にはまっていたホストの名前を聞いたことがあるから、どうにか思い出してみようか」

「思い出せる？」

「ええと」

吹雪は頑張ってくれたが、聞き流していたことのようで、なかなか思い出せないようだ。

「じゃあ、思い出せたら、教えてくれ」

「いいけど、思い出せたら俺が聞きこみに行ってもいいぜ。こっちの世界には、こっちの世界の仁義ってものがある。客のプライベートについては、刑事にはあまり話さないかもしれないし」

「ありがたいけど、そこまでやってくれるのか」

尋ねると、吹雪は屈託なく笑った。

「おまえの頼みだからな。で、俺への質問は何?」

吹雪の声は、相変わらず耳に心地よく響く。その髪からとてもいい匂いがしたことを、今さらながらにやけに鮮明に思い出して、武石は密かに狼狽《ろうばい》した。

――バカな。十年以上も前のことだぞ。

だが、あれから吹雪以上に艶《あで》やかな記憶を残すものはいなかった。

内心動揺しながらも、武石はそしらぬ顔で質問を重ねることはできる。

「彼女がこの店で、どれだけの金額を使ったのか。それと、彼女がこの店で、三人目の夫のことについて、何か話していたことがあったら、聞かせてくれ」

メモを片手に尋ねる。

「金額については、マネージャーから聞いてくれ。まともに把握してない。月に百万ぐらいは、軽く使ってくれてるはずだけど」

「百万?」

「もっとかな。イベントのある月とか、俺が誰かと成績を競《せ》り合うようなときには、彼女たちはガンガン使ってくれるからね」

その事態を楽しんでいるかのように、吹雪は甘く微笑む。顔が綺麗《きれい》なだけではなくて、吹雪はこんなふうに、くるくると変わる表情が豊かだ。

吹雪に横に座られて耳元で愛をささやかれたならば、たわいもなく金を吐き出す女性は多いだろう。そんなふうに、武石は考えてしまう。

「彼女が金に困っていたような、そぶりはあったか」

「わからない。金がなくても、あるふりをしたいのが、太客ってもんだから。俺の客たちは、張り合うんだよ。自分のがより金を使ってるってね。だから、ないときもあるふりをするし、借金してでも貢ごうとする。気づいたら、止めるけどね」

「彼女の、資産状況を調べる必要があるか」

大西刑事がふと口を挟んだ。だが、まだ事件にもなっていない段階だから、銀行の口座情報開示請求がどこまでできるかわからない。

それに軽くうなずいて、武石は質問を続けた。

「夫への愚痴《ぐち》とか、夫の体調についてとか、そんな話題が出たことはないかな?」

吹雪は首をひねった。さらりと、髪が頰を流れる。

「ないんじゃね? 俺の前で、他の男の話なんてさせないから」

そんなホストじみた甘いセリフに、ぞくっとする。

「だったら、夫を殺したいとか、そんな話も?」

「一切合切、ないと思うよ。ホストによっては、愚痴ばかり聞かされるタイプもいるけど、俺は浮き世を忘れて楽しもうってスタンスだし」

「だったら、彼女がどんなタイプなのか教えてくれ」

武石は質問を変えた。

吹雪が長いまつげを上げて、考えこむ。真顔でいれば綺麗すぎてきつくも見えるが、柔らかく笑うと嘘みたいに表情が和《やわ》らぐ。こんな表情の変化を、学生時代には飽きることなく見ていたものだ。

「めちゃくちゃ話すよ。プライベートでは、あまり話を聞いてくれる人がいないんじゃないかな。寂しがりやで、つくすタイプ。服とかメイクとか褒めると、はにかんだように笑う顔が、とても可愛《かわい》い」

客のことを話す吹雪の表情は、恋でもしているように柔らかくなる。そんな顔を見ていると、嫌な質問だと思いながらも、尋ねずにはいられなかった。

「彼女と寝たか？」

嘘を言ったときには、表情の変化である程度わかるようになっている。だが、吹雪は面白い冗談でも聞いたかのように破顔した。

「まさか。枕はしない」

「しないのか？　誰とも？」

「するホストは、うちの店でも多いけどね。俺は絶対にやらないって、決めてる。誰に聞いてくれても、そう証言してくれるはずだぜ」

「それは、職業倫理上の話か？」

「そう。それと、客をつなぎとめるため。安く寝るホストよりも、絶対に寝ないホストのほうが価値は高いと思われるからね」

武石にそのあたりの加減は、よくわからない。だが、横で大西刑事が小さくうなずいていた。だから、容易《たやす》く寝ないほうが、プレミアム感を高められるのかもしれない。

他に何を聞いたら、彼女の実像をつかめるだろうか。

次の質問を考えていたそのとき、吹雪が武石を見据《みす》えて楽しげに笑った。チェシャ猫のような笑いだ。

こんな顔をした吹雪のことを、強烈な懐かしさとともに思い出した。ろくでもないことを企《たくら》んでいるときの表情だ。

かつて吹雪がこの顔をしていたのを見たのは、自分を殴った不良のバイクを堤防から川に容赦なく蹴り落としたときだ。それと、吹雪の名前を利用して、女子をたぶらかそうとしていた上級生への復讐を企んだとき。吹雪はこんな顔で笑っていた。

「――詳しく知りたかったらさ、おまえ自らここに潜入してみろよ。新人ホストとして、俺が仕込んでやるから。ヘルプとして久美ちゃんにつけてやる。そのときに、刑事ってことを隠して、直接聞きこんだらいいんじゃねえの？」

「は？」

変な声が出た。

そんなにも簡単に、潜入捜査ができるはずがない。即座に断るつもりで隣に座る大西刑事を見たら、真顔で言われた。

「それはいい。君がそれに協力してくれるのかい」

大西刑事は、こんな顔で冗談を言う悪い癖があった。

だが、それに深々と吹雪がうなずく。

「ああ。ホストってのは、めちゃくちゃ入れ替わりが速い。最初のうちは稼げないから、甘い了見で入ってきたやつらが、どんどん辞めていくんだよ。だから、俺付きの見習いってことにしといてやるよ。こいつのガタイなら、そこそこモテるかもしれないな。だけど、こいつは女子の前ではガチガチになって、ろくに口きけなかったんだけど、さすがにそれは治ったのか？」

からかうように言われて、武石は苦虫を噛みつぶしたような顔をした。

「それができてれば、いまだに独身じゃねえよ」

旧知の仲だからこそ、いつになく乱暴な口調になってしまう。それをフォローするように、大西刑事が言った。

「武石は、年配のご婦人にはモテるんだけどね」

二人で、武石を眺めて楽しげに笑っている。

だが、ホスト見習いになって潜入する、などという提案に、上司の許可が下りるとは到底思えなかった。


日本ではおとり捜査は禁止だ。

武石はそんなふうに学んでいた。

だが、斎藤久美子の銀行口座情報開示について課長に相談しに行った大西刑事は戻るなり、開口一番に言ってきた。

「ホストクラブに行っていいぞ。課長の許可が取れたからな」

「は？　おとり捜査になりますよね、それ」

だが、大西刑事は不穏な笑みを浮かべた。軽く乗り出し、武石が座る椅子の背もたれをつかんで、諭《さと》すようにのぞきこんでくる。

「中途半端な知識は、おまえを滅ぼす。いいか、現在の日本では、おとり捜査は二つのケースに分けられる。まずは、犯罪をするつもりがない者に、捜査機関が働きかけて、犯罪を行わせるケースだ。おまえはホストクラブで、女性に夫を殺せとそそのかすか？」

「いえ。そそのかしません。そもそもすでに三人目の夫は死んでいる」

「だったら、最初のケースは該当しない。もう一つのケースは『機会提供型』と言って、機会さえあったら罪を犯すものに、捜査員が機会を与えるケースだ。たとえば、クスリの売人に、クスリが欲しいと近づいて、クスリを売ったら犯人を検挙する。ただし、こちらは麻薬取締官には認められてる」

「ですね」

その知識はあった。

大西刑事は椅子の背から手を離し、軽く腕を組んだ。

「今回は、どちらのケースも当てはまらない。だから、おまえがホストクラブに入りこんで、新人見習いホストのふりをしながら客から話を聞き出しても、おとり捜査には該当しない。合法だという結論を、課長と出すことができた。そもそも今の日本の法律では、おとり捜査のしっかりとした定義がないんだ。基準を明確に示した判例もない。だから、聞きこみの一種だと考えて、安心してホストクラブでの情報収集に励め」

「は？　でも、ホストクラブですよ？」

そんなふうに理詰めで言いくるめられそうになっても、武石は納得できない。

だが、大西刑事は武石の抵抗にも、ビクともしない。

「それがどうした」

「俺が、『君の瞳に乾杯』なんて、できると思います?」

そのシーンを想像したのか、大西刑事はぶぶぶっと盛大に噴き出した。それから、武石の肩をがっしりとつかんだ。

「まぁ、頑張れ。骨は拾ってやる」

こんなのんきなことができるのも、事件が少ないからだ。


吹雪にホストとしての潜入捜査の許可が下りたことを電話で伝えると、そちらでも大笑いされた。

翌日の夕方五時に、白以外の柄のワイシャツだけ持ってやってこい、他の衣装は準備すると言われたので、武石はそれだけ量販店で買って歌舞伎町へと向かう。

——本気かな。俺にホストが務まるのか?

何せ吹雪のような、見るからに美男子とは違う。バイトで吹雪が店頭の接客に回されるとしたら、武石は裏で皿洗いや調理補助の役割だ。そんな自分がホストをするのかと考えただけで、身の置き所がなくなる。

だけど、吹雪のホストとしての姿はじっくりと見てみたい。

「おー！　来たか！」

店の裏口に到着し、携帯で連絡を入れると、店内から吹雪が出迎えに姿を現した。

まずは武石を新人ホストとして、他の従業員に紹介するという。

「マネージャーとか、昨日刑事が聞きこみにきたって聞いた数人には、おまえの正体がバレてるけど、気にするな。マネージャーとオーナーには俺が話を通しておいたし、ホストも入れ替わりが激しい。さして新人のことを気にしてはいないから」

びしっとスーツに身を固め、さらさらの髪をした吹雪は、やはり今日も美男だ。さすがは歌舞伎町のオオバコだけあって目を引くホストばかりだが、そんな中でも吹雪の存在感は群を抜いていた。

やたらと挨拶《あいさつ》をされるのは、ホストクラブも体育会系だからだろうか。ナンバーワンのホストは一番地位が高いのを、彼らの態度から感じ取る。

「似合うスーツ、見繕ってやるよ」

一通りの紹介を済ませた後で、吹雪が顎をしゃくって、武石をロッカールームの横の小部屋の中に連れこんだ。

そこには所狭しとハンガーラックが並んでいる。ホストの黒服が山のようにかけられていた。

吹雪は武石のサイズを確認してから、どこか楽しそうに服を見繕い始めた。

「ええと、どんなのがいいかなぁ」

「俺がソフトスーツを着ると、ヤクザになると言われたことがある」

「納得」

「おまえの服も、ここのを借りてるのか？」

「いいや。俺ぐらいになると、女が服を買ってくれる」

「……そうか」

武石はあらためて吹雪のいでたちを眺めた。

彼が今日、身に着けているのは、黒地にストライプのしゃれたスーツだ。それに黒のワイシャツと、幾何学《きかがく》模様のネクタイを合わせている。胸に飾っているのは、生花のブーケだ。

まるで舞台衣装のように見えた。昨日の銀のスーツとは雰囲気が違うが、それでも吹雪の色香が最大限に引き出されているのは、間違いない。

スーツのデザインや色合いなども普通のサラリーマンとは違うのだが、特に水商売風だと思わせるのは、吹雪がその全身につけたアクセサリーだった。

耳にダイヤがきらめき、ネクタイには銀色の繊細な鎖が巻きつけられている。いくつかつけた指輪はシンプルだが、おそらくは高価な品なのだろう。ちらちらと袖からのぞく時計も高そうだ。

「入ったばかりの新人は、ここにある衣装でしばらく商売するんだ。最初のうちは稼げないし、食い詰めてるのも多いから、初期投資大変だろ」

言いながら吹雪は大きめのサイズの衣装の中から、上下揃いのスーツを引き出した。

「これなら、サイズ合うんじゃないかな。着てみて」

渡されたのは、黒のラメっぽい生地のスーツに、派手な色合いのネクタイだった。黒のワイシャツを買ってきたのを思い出し、武石はそれをまずは着てから、スーツを合わせてみる。

上着のサイズは合ったが、スラックスの丈がどうにも短い。

靴下が見えているのを感じながらも、吹雪の前に立ってみた。

「こんなものでいいだろうか」

「うーん」

そんな武石を、吹雪は頭の先から靴の先までじっくりと眺めた。そんなふうに見られると、武石はどうにも落ち着かなくなる。人生でまともに服を選んだ記憶がないからだ。就職のときのスーツは母親付き添いだったし、その後のスーツも量販店で店員に勧められるままに買っている。

「ん。ま、いいんじゃね？　黒服似合うから、ヤクザ風にしたいけど、それだと客が引くしな。これくらいで」

そんなコメントの後で吹雪は武石を引きつれてその部屋の隅に向かい、そこの箱からネクタイチェーンを引き出した。

「ここの備品、好きに使っていいから」

そんなふうに言って武石の前に立ち、うつむいてネクタイにチェーンをからめてきた吹雪の顔に、武石は惹きつけられる。

長い繊細なまつげに、形よく整った鼻梁《びりょう》。その下の唇の形のよさを、惚れ惚れと眺めてしまう。人生で彼以上に顔のいい相手に会ったことがない。

その顔が間近に突きつけられているだけでも、自然と緊張してしまう。この顔と飲むために、大金を払ってもいいという客が多いのもうなずけた。

「おまえと飲むには、最低、どれくらいかかるんだ？」

尋ねると、吹雪はからかうように笑った。

「ピンキリだぜ。最初のお試しなら、一万円。だけど、指名するようになると、一気にその額が跳ね上がる」

「どのくらい？」

「何？　ホストがどれだけ稼げるのか、気になんの？　そうだな。俺が一回テーブルにつけば、だいたい十万ぐらいかな。つまりさ、指名料はそう高くはないんだけど、俺めあての客はたくさんいるから、なかなか順番は回ってこない。だけど、十万のボトル入れてくれればしばらくはそのテーブルにいるから、そうやって順番ぶっちぎる客がほとんどってこと」

──一夜の飲み代で十万、かぁ。

ここにいると、金銭感覚がおかしくなりそうだ。だけど、吹雪と飲むのにそれだけの金を払う客がいるのは納得できる。

すぐそばに、そんな吹雪の身体があった。ネクタイにバランスよく鎖を巻きつけてくる真剣な表情をついつい眺めてしまう。武石よりも背は低いが、それでも長身のほうだろう。手足のバランスがいいために、実際よりも長身に見えるタイプだ。

視線を感じたのか、吹雪がアクセサリーをつけ終えてから視線を上げた。

長めの前髪の間から、こちらを見上げる吹雪の目が見える。メイクでもしているのかと思えるぐらい、びっしりと生え揃ったまつげがその目の際を縁取《ふちど》る。

一度見たら忘れられなくなるぐらい、印象的な目だ。こんなふうに吹雪に顔を寄せられるたびに、高校時代は落ち着かない気持ちになったことを武石は遠く思い出した。

だが、吹雪のほうはのんびりと見つめ合っている暇はないようで、ポケットから整髪剤を取り出し、それをまずは自分の指にからめた。その指を武石の頭に伸ばして、撫《な》でるように髪に塗りつけていく。

そのしぐさに、ドキッとした。

再会まで長い時間が空いていたせいなのかわからないが、吹雪に触れられるたびに戸惑う。かつての自分も、吹雪に触れられるたびにここまで緊張していただろうか。

指から整髪料が完全に落ちるまで、吹雪は武石の髪にそれを擦りつけた。

そのしぐさによってだんだんと武石は、飼い主にたっぷり撫でられた犬のような気分になった。不思議なほどの充足感とやる気が、全身にみなぎってくる。

その作業を終えた後で、吹雪は数歩下がって武石の全身を眺め、満足したようにうなずいた。

「うん。いい感じになった。これならちょっとは金払ってもいいホストかも」

「ちょっとって、どれくらい？」

「……百円ぐらいかな」

「おまえの十万とは、差がありすぎるだろ？」

「ま、当然」

ニヤリと笑って、吹雪は武石の肩を叩く。こんなときの吹雪の表情も好きだったことを、武石は思い出した。

吹雪が触れた指や手の感触が、全身に余韻となって残っている。

だんだんと学生時代の親密さを取り戻していくような気分になった。吹雪といつも一緒にいたころの、甘酸っぱい感情がよみがえる。

「じゃあ、まずは簡単な研修してやる」

そう言って、吹雪はフロアに武石を連れだした。

オオバコのこの店は、階下と階上に客席がある。二つのフロアをつなぐのは、中央にある大階段だ。

フロアごとにさらに二つに区切られ、合計四つに分けられたエリアごとに、リーダーが存在すると吹雪は説明した。そのリーダーの采配によって、それぞれのホストが動く。

武石が配属されるのは、もちろん吹雪がリーダーになっているエリアだ。

「俺はここのナンバーワンだから、客がいつも重なる。ここに来てくれた客を本当は入店から退店まで見守りたいんだけど、あいにく身体は一つしかない。だから、俺がそのテーブルにやってくるまでの間、大切な客を飽きさせずに相手してくれるヘルプが必要ってわけ。その役目を、おまえに託そう」

「できるかな」

途端に武石は弱気になった。

女性は苦手だ。何を考えているのかわからないし、彼女たちを喜ばせるような話題もない。

だが、吹雪は武石を励まそうとするように柔らかな表情を浮かべた。

「大丈夫。っつか、おまえは本気で客に気に入られる必要はない。失礼がないように、気を配ってもらえればそれで十分だ。おまえが探りたい例の彼女は、毎日のように店に来る。だから、事情聴取のつもりで、接客に当たれ」

――そうか。事情聴取なら。

そう言われて、ホッとした。事情聴取ならそれなりに経験を重ねているから、得意とは言えないまでもこなせるはずだ。そもそも自分がここにやってきた理由を思い出した。

「わかった。よろしく頼む」

深々と頭を下げると、吹雪はにやにやと笑った。

「じゃ、次ね。水割りの作り方、わかる？」

「自分で飲む分には氷と酒と水を入れて、かき混ぜてるだけだが」

警察は階級社会だから、課内の飲み会では下っ端の武石が飲み物係になることが多い。だが、どれだけがさつな作り方をしたところで、今まで誰にも文句を言われたことはなかった。

「だったら、一回教えとく。この通り作ったら、自分で飲むときに抜群《ばつぐん》においしくなるから」

ポイントはまず氷とウイスキーだけを入れて、水を入れる前にしっかりと冷やすことらしい。その後で水を足す。

そうすると氷が溶けるからいくつか氷を足すが、足しすぎないこと。

「ここでたっぷり氷をガラス満杯になるまでサービスしたい気分になるんだけど、入れすぎると氷が口にあたって、飲みにくいだろ。だから、うちの店ではそんな無様《ぶざま》な水割りは作らない。わかった？」

「なるほど」

水割りにも美学があることを知る。

言われた通りに、武石は不器用ながらも水割りを作ってみた。

だがその最中に、気になって口走らずにはいられない。

「酒だけをまず冷やしてから水を入れてかき混ぜるというが、全部混ぜてからかき混ぜても、最終的にできるものは一緒ではないのか？」

「うん。俺も最初に教えられたときにはそう思ったんだけど、不思議と味が違うような気がするんだよな。だったら、最初に二パータン作って、飲み比べてみろよ」

そう言われたので二パターン作ってみた。飲み比べると、確かに吹雪の指示通りに作った水割りのほうがおいしいような気がする。

武石にはそこまで繊細な味覚はなかったから、あくまでも気のせいかもしれないが。

「納得したら、次は接客な」

吹雪による接客指導は、なおも続いていた。

「まずは、セルフイメージを作れ。俺はとても似合うスーツを身につけて、女性の目に魅惑的に映っている。そんなふうに自分に言い聞かせて、自信をつけろ」

吹雪の声は甘く空気に溶け、向けてくる目には催眠術にでもかけるような力があった。

武石のセルフイメージは、どっしりとした岩のようなものだ。そのような武骨な自分は女性の興味を引かない。興味を持ってくれる女性は稀《まれ》に存在するが、それは武石が魅力的だからではなく、警察官という安定した職を好んでいるにすぎないのだとわかっていた。

だが、ホストに偽装するためには、それではダメな気がする。

武石はソファの上で膝に手をつき、背をまっすぐにして軽く目を閉じた。

吹雪の言葉に従って、自分のイメージを作りなおすことにする。いつものくたびれたスーツではなく、今日は舞台衣装のようなピカピカのスーツを着ている。小学校のときの学芸会には、木の役しかさせてもらえなかった自分が、なんという出世だろうか。

――ちゃんとセリフもありそうな、舞台衣装だ。しかし、黒のワイシャツに派手なネクタイというのは、まるでヤクザのようでもあるな？

着替えた武石を見た店のホストが、ぎょっとしたような顔をしたのを、見逃してはいなかった。

——だけど俺はヤクザじゃなくて、ホスト。……しかも、モテモテ。

武石は自分に言い聞かせる。

衣装に着替えたことで、普段の刑事の自分とは違う存在になれるはずだ。

モテモテで、格好いいホストだ。いくら衣装に着替えたところで、顔かたちは変わらないから、吹雪になれるわけではないが。

「モテモテ」

小さく口の中でつぶやいてから、武石は目を開いた。

だが、武石の思いこみによる自己催眠は、吹雪には伝わらなかったらしい。あらためてじっくりと顔をのぞきこまれてから、慰めるように軽く肩を叩かれた。

「ン。ま、いいか。武石はそのまんまで。おまえ、黙ってればそこそこ女にモテるからな。気持ち、しぐさを丁寧にしてみろ。あなたを大切にしてます、ってのが伝わるように。おまえには、それが限界だろう」

——え?

モテモテというセルフ催眠がうまくいったと思っていただけに、いきなりそんなふうに言われるのは心外だった。

吹雪は武石と膝が触れそうな距離にある直角の位置のソファに移動し、次のレッスンを授《さず》けてくる。

「おまえはホスト。俺は、おまえの客の役な。客はここに癒やされにくる。もしくは憂《う》さ晴らしにやってくる。ここでお気に入りを見つけて、そのホストを店のトップにする楽しいゲームにはまったりもする。そんな客にとって、応援したいホストになるためには、どんな話をすればいいと思う？」

吹雪の声が、心地よく身体に入りこんだ。考えてみれば、歌舞伎町ナンバーワンホストに直接、接客のコツを教えてもらう機会など、得がたいものではないのか。

武石は精一杯考えて、答えてみた。

「苦労話はどうかな。お涙頂戴《ちょうだい》の」

「あほか。客はここに癒やされに来るって言っただろ。ホストにちやほやされたいんだ」

「だったら、まずは褒める？」

「そうだ。上手に褒めてみろ。俺は客の役だ。まずは客をよく観察して、おまえがいいと思ったところを褒めてみろ。おまえは、俺についた初対面のホスト。そのようになりきって接客してみろ。ボディタッチも、軽度ならうちは許容範囲」

そんなふうに言って、吹雪は身体の力を抜いた。

そんな吹雪の姿を、武石はじっくりと観察した。

見るたびに、その美貌にドキドキする。こうして仕事用のスーツを身につけ、学生時代より髪を長くした吹雪の姿は、本当に見惚れるほど見事だ。一瞬一瞬を切り取って写真に撮り、額縁をつけて飾りたいほどの、優雅さと輝きを放っている。

「ええと」

その美貌を、何に例えて褒め称えればいいのだろうか。

考えた途端に、武石は言葉に詰まった。長いまつげや、描いたような綺麗な弧《こ》を描く眉の形の見事さを、どのように言葉にして表現していいのかわからない。

武石は綺麗なものが好きだ。その外見から武骨なものが好きだと思われることも多いのだが、たまに自宅に花を飾ると、大切にして飽きず眺める。

言葉が出ない武石を励ますように、吹雪は視線を注いできた。場がつなげそうもなかったので、武石は吹雪の手をそっと両手で包みこんだ。

そうしながら、必死になって言葉を探す。

だが、吹雪を眺めれば眺めるほど、言葉が出てこなくなった。吹雪を称えるのに適切な言葉など、自分の中にないからだ。綺麗というだけでは適切ではない。吹雪は特別だった。他にはない、得がたい輝き。

吹雪の手を取り、顔を見つめれば見つめるほど、口の中がカラカラになっていく。

長い沈黙の後で、武石はギブアップするしかなかった。

「すまない。頭が真っ白で、何も思いつかない」

「は？　ふざけんな。綺麗とか、素敵とか、いろいろあるだろ？　まずは俺と会えなくて、寂しかったとか、そういう告白からだろ？」

だんだんとぞんざいになってくる吹雪の言葉に、二人の距離が縮まっていることを意識した。

「ああ。……寂しかった」

正直に口にすると、吹雪はふふんと笑った。少し照れも混じった嬉しそうな笑みに、ドキッとした。ようやく吹雪の素の表情に触れたような気がする。吹雪は武石の手を振り払って、ソファにふんぞり返った。

「そうだろ？　だったら、その気持ちを言葉にしてみな。自分の言葉でいい。好かれようとか、余計なことは考えるな」

客とホスト、としてではなく、素のままに話せ、と言われて、武石は戸惑った。だけど、今、吹雪の素の表情に触れて嬉しいと思ったのと同じ気持ちを、吹雪も抱いてくれたのだろうか。

それなら、できるような気がしてきた。

「ずっと会えなくて、寂しかった。三年前ぐらい前に引っ越したんだよな。何も連絡がなかったのに、あるとき、おまえんちの前を通ったら、いきなりいなくなってたから、……驚いたし、心配した。おまえに切り捨てられたような気分になった」

ずっと引っかかっているのは、今に至るまで引っ越しの連絡が来ていないことだ。

吹雪にとって自分は、連絡先を教えたい人間ではないのだ。そう思うと、今でも武石の胸に痛みが広がる。

だが、それを聞いて吹雪は、驚いたように眉を上げた。

「親は定年退職して田舎に引っ越したから、あのアパートには俺一人が残ることになったんだけど、独りで住むには無駄に広すぎたからな。解約して、ホストの寮に入ることにした。だけど、携帯番号とか、メアドとか変えてないから、その気になれば、俺に連絡を取るのは問題なくできたはず」

「っ」

ハッとした。自分から吹雪に連絡を取るなんて、考えてもいなかった。言われてみれば、わざわざ引っ越しについての連絡が来るまで、待っている必要などなかったのだ。こちらから吹雪に連絡をして、どこに引っ越したのかと、普通に聞き出せばよかった。

「そうか。そういえばそうだな。だけど、電話しても、何を話していいのかわからなかったから」

そのころ、武石は刑事になったばかりで忙しかった。仕事に忙殺されることで、吹雪から切り捨てられた寂しさを忘れようとしていた。

吹雪はそれを聞いて、呆れたようにそっぽを向いた。

「俺のほうこそ、連絡欲しかったな。俺、おまえを試してもいたんだ。いつも連絡するのは俺からだったから、……こっちから連絡しなくなったら、おまえから連絡はあるのかって」

「……っ」

その言葉に、武石はドキリとした。

人間関係について、武石は受け身だ。これという用事があれば自分から誘うこともあるが、特に用もなく会おうとか、飲もうとか、その手の誘いができない。

卒業後、何度か吹雪とは会ったが、いつも誘ってくるのは吹雪だった。

そんなふうに試されていたにもかかわらず、今日に至るまで吹雪に自分から連絡を取ろうとはしなかったことを後悔する。ずっと、吹雪から引っ越しの連絡がなかったことを引きずってきたのだ。

「すまない。今日にでも、飲みに行くか?」

素直に詫びると、吹雪は笑った。

「バーカ。ここで一緒に働くっていうのに、なんで閉店後にまでおまえと飲みにいくんだよ。そこまで気にするな。おまえはおまえで、楽しくやってたんだろうし」

吹雪の言葉の中に、かすかに棘《とげ》が潜《ひそ》んでいるのを感じ取る。チラリと見せた拗《す》ねた表情にも、武石の心臓はちくちくした。

別にそこまで、自分が吹雪にとって特別だったわけではない。だけど、吹雪はホストになったせいか、無意識に相手に気を持たせるものの言い方や、表情の使い方を発揮しているように感じられてならない。

武石は苦笑するしかなかった。

「そうだな。吹雪は吹雪で、楽しくやっていたんだろうし」

高校のときには、毎日否応なしに顔を合わせた。だけど、卒業して進む道が分かれれば、自然と距離が空いていく。吹雪以外の友人とも、武石はほとんど会っていない。今会ったところで、武石は何を話していいのかわからない。相手を楽しませる自信もないから、誘われない限り、自分から会いたいと切り出せない。

環境が変われば、友人も変わる。話も合わなくなる。

武石の言葉に、吹雪は笑った。

「そうだな。俺も楽しくやってたよ。おまえなしで」

そんな言葉が、よく磨いたカミソリのように心臓を切りつける。

――深入りするな。

武石は自分にそっと言い聞かせた。

知りたいことがあるところに、昔からの友人がいただけだ。おかげで、事件について探りやすくなった。

吹雪とはこの事件が片付けば、顔を合わせせなくなる。学校や職場でいつも会っているのでなければ、そういうのが普通なのだ。

「俺から連絡できなくて、すまなかった」

あらためて、武石は詫びた。

卒業した後の自分が、わざわざ吹雪と会ってもらうほどの価値があるとは思えずにいた。だから、引っ越し先を連絡してこないという吹雪の選択を、そのまま受け止めるしかなかった。吹雪が自分からの連絡を待っていたなんて、想像すらできずにいた。

そんな武石の胸元に、吹雪は手を伸ばした。ぐっとネクタイをつかんで、からかうように言ってくる。

「詫《わ》びたいのなら、キスしてみろ」

言葉が耳に飛びこんできた途端、武石はギョッとした。どういう意味かと、綺麗すぎる吹雪の顔をまじまじと眺める。

「え?」

「どうした? 俺とはキスできない?」

吹雪は目を細め、試すように武石を見た。

背筋がゾッと冷える。心の奥底にあった何かを暴《あば》かれたような、理由もない恐怖が背を舐《な》める。

だが、からかわれているだけにも思えた。武石にはどちらとも判断がつかなくて、固まっていることしかできない。

だが、そんな武石を口説き落とそうとするように、吹雪は腕を武石の首に引っかけて、吐息がかかるぐらいまで顔を寄せてきた。

「うちの店で働くつもりなら、キスぐらいは、いくらでもサービスできないとダメだぜ。接客するのは、好みの女とは限らない。おまえの好みは、清純なタイプだったっけ？　だけど、どんなに好みじゃない女が相手でも、キスぐらいできるようになっておけ。そのテストをしてやる」

すぐそばに、吹雪の顔があった。下手に身じろいだら、唇が触れ合ってしまいそうな至近距離だ。吹雪が口にした理由に納得もしたが、武石の好みが清純なタイプというのは、間違った情報だ。高校時代にひょんなことで吹雪に誤解されたようだが、誤解を正す必要もないからそのままにしておいた。だが、そんなことをいまだに吹雪が覚えているとは思わなかった。

――にしても、キス……？　吹雪と、キス……？

そんなにも吹雪は、日常的にキスしているのだろうか。この唇はどれだけの女性と触れ合ってきたというのか。

固まった武石に吹雪は人の悪い笑みを浮かべ、顔を寄せて悪ノリしたように長いまつげ

を閉じてくる。キス待ち顔だ。

ここまでおぜん立てされると、これはもうキスするしかないだろう、と心が決まった。

武石は吹雪の顔をてのひらで包みこんだ。

――キス、か。

唇は神聖なもの。

武石は経験が浅いから、そんな意識がぬぐいきれない。恋人として付き合っているカップルの間でのみ、成立するものだ。

なのに、吹雪がそれを大安売りしているのが納得できない。

女性とは違う顎のラインや、いくら完璧な形をしていても、どこか女性とは違う唇。

まさか吹雪と現実にキスするときがくるなんて、考えてもいなかった。

なのに、その顔を眺めるにつけ、何かに誘いこまれたように武石の顔は寄っていた。その唇の感触を、直接確かめたくなる。

――だって、吹雪がしろって言うから。

鼓動が速くなっていた。その脈動にそそのかされる。

ホストとして、吹雪はどんなシチュエーションでキスをしてきたのだろうか。いろいろな想像で、頭がいっぱいになり、飽和する。

焦点が合わなくなるまで顔を近づけた後で、唇が重なるように顔を少しだけひねってから目を閉じた。

これで唇をそっと前に押し出せば、吹雪と唇が触れるはずだ。

脳が痺《しび》れるような感覚の中で、そんなふうに思う。

吹雪の吐息を感じたので、あとほんの数センチだと思った。だが、武石の唇が触れたのは唇ではなく、もっと別のものだった。

「え?」

いったん顔を引くと、顔の前に吹雪の手が差しこまれている。その向こうに、ぎょっとしたように大きく目を見開いて、上体をのけぞらせた吹雪の姿があった。

「おまえね」

吹雪はやんちゃな子供をいさめるように武石の顔を両手でぐっと押し返してから、息を吐いた。

信じられない、という顔をしている。

「おまえ、本気で俺にキスしようとしていただろ」

「え? しろって、……言わなかったか?」

思いがけない反撃に、武石は戸惑う。

ホストになるんだったら、どんな相手ともキスができるように、自分にもキスしてみろと吹雪は言ったはずだ。

自分はその言葉を、何か聞き違えたのだろうか。

「言ったけどさ。本気でするとは思わないだろ」

吹雪はそう言った後でふらりと立ち上がり、両手で顔を覆って、向かいのソファに倒れこんだ。

やたらと動揺しているように見えるのは、同性にキスされそうになったからだろうか。

「すまない」

とにかく、詫びておく。

吹雪はしばらくしてから気を取りなおしたように起き上がり、ソファに座った。その顔がやけに赤いのは、動揺したためだろうか。

先ほど練習で作った水割りを、吹雪は一口飲んだ。

「ま、俺から言ったんだから、いいけど。冗談を真に受けるなよ。けどま、おまえでもキスできるんだなって安心した。俺相手にできるぐらいなら、どんな相手でも大丈夫だな。ただしキスは安売りするなよ。最低でも、……そうだな、新人のおまえだったら、五万以上のボトルを入れてもらったときだけな」

——五万のボトル……。

自分のキスに、それほどまでの価値があるとは思えない。だが、吹雪のキスはどれくらい貢いだときに許されるのか、気になった。

「だったら、ナンバーワンホストは？」

「え？」

「おまえなら、いくらのボトル入れたら、キスするの？」

枕はしないと言っていたから、いくら金を積んでもダメなのかもしれないとチラッと思った。だが、吹雪は首を傾げて、考えこんでいる。

「ええと、……そうだな。百万？　二百万？」

──やっぱりするのか……！

愕然《がくぜん》としながら、武石は頭の隅で自分の通帳の残高を思い出そうとしていた。刑事になってからやたらと忙しかったし、仕事以外に趣味という趣味もないからひたすら貯まっている。

──俺の貯金だと、……吹雪のキス、何回分？

だが、預金残高を正確に把握できないでいるうちに、吹雪が言った。

「ま、いいや。研修はこれで終わり。探っている久美ちゃんが来たら、そのテーブルにつかせてやるから、適当に話せ。ただし、うちは水商売の客が多いし、警察を毛嫌いしている客もいるから、正体は明かすなよ。彼女が来るまで、雑用でもしといて。目につくテーブルの皿とか、コップとか下げて洗って。他のテーブルから手伝い頼まれたら、そっちも適当にこなして」

吹雪が研修を切り上げたのは、これからオープンだかららしい。

各テーブルはピカピカに磨き上げられ、グラスや生花などが並んでいく。

朝礼の後で、勝負の時間が始まる。


斎藤久美子が来るまで、武石は吹雪担当のエリアの各テーブルを手伝い、ひたすら水割りを作った。おかげで、なんだか水割りを作る腕が、上がったような気がする。

オオバコの二階のフロア半分のテーブルからテーブルへと渡り歩いている途中で、吹雪の後輩らしきホストに呼ばれ、別のテーブルで接客する間のつなぎも頼まれた。

——え？　えええ⁇　つなぎか。ついに、つなぎの役割が。

武石は緊張しながらテーブルにつく。

指名のホストが戻ってくるまで相手をする必要があるのだが、そのテーブルでは本命がいなくなったことで、客の女性はむくれてタバコをぷかぷか吹かしていた。

挨拶をしても、軽くうなずかれるばかりだ。何か話しかけてみても、「あんた、何しにきたの？」というような険のある眼差しを向けられるだけだった。

針のむしろに座っているような気分で十数分を過ごした後で、またその本命ホストが戻ってきた。ホッとしてそのテーブルから逃れ、入ってきたばかりの別の客への対応を頼まれて、新たなテーブルに向かう。

今度の客は上機嫌で、指名のホストである吹雪が来るまでの間、屈託なく武石に話しかけてきた。

「身体、大きいですね。何か、スポーツやってたんですか」

「え。ああ。柔道を」

「柔道ですか」

野球やサッカーとは違い。柔道ではあまり盛り上がれない。それでもどうにか場をつなぎたくて、彼女に頑張って話しかけてみる。

だが、五分ぐらいでやってきた吹雪にテーブルから引き離された。

フロアの端まで引っ張られ、従業員用の廊下に連れ出されてから、顔を寄せて詰問《きつもん》される。

「おまえね。何してんだよ？」

「何って」

「職務質問じゃないんだよ。相手の職業とか年齢、家族構成とか、根ほり葉ほり聞き出そうとしなくてもいいの」

「え」

　自覚はなかったが、自分はそんな質問ばかり重ねていたのかと反省する。場をつなごうとするあまり、職務質問のようなことを習慣的に始めていたらしい。

「いや。その、……すまない」

　うなだれて言うと、やれやれ、とばかりに吹雪は肩をすくめた。だが、本気で怒っているのではないらしい。慰めるように肩を叩かれ、耳元でささやかれた。

「おまえのおめあての久美ちゃん。もうじき来るってさ。メッセージが来てる。俺は他の客の対応で忙しいから、彼女が入店してから十五分ぐらい、おまえに預ける。その間に、聞きたいことは聞いておけ」

「わかった。——飲みすぎるなよ」

　うなずくと、吹雪は腕を離してフロアに戻っていく。

　さすがに店のナンバーワンだけあって、吹雪が向かうテーブルテーブルから、歓声が上がる。客の盛り上がりで、吹雪がどこにいるのかわかるぐらいだ。

　吹雪の足取りが酔っていないのを確認してから、武石は階段を下りて一階へと移動した。斎藤久美子が来店したら、自分がテーブルまで案内しようと考えたからだ。

　指名を客から聞いて、席へと案内するマネージャーの横に並んで、久美子を待った。マネージャーには彼女が来たら教えてくれるように頼んでおいたが、武石も事前に写真でしっかりと顔を確認してある。だから、彼女が現れたときには、マネージャーに教えられなくてもわかった。

彼女は武石には目もくれずにマネージャーにまっすぐ近づき、口を開いた。

「今日も指名は、吹雪で」

源氏名を使うホストも多いが、吹雪はそのままで通しているらしい。

凛《りん》と頭をもたげ、ハイヒールを履いて姿勢もいい久美子を、武石は観察する。

年齢は三十過ぎ。元水商売だと聞いていたが、男好きのする風貌に、華奢《きやしや》な身体つきの女性だ。三人目の夫が亡くなって一か月目といったところだが、寡婦《かふ》のような雰囲気はない。

「こちらへ」

武石が言って、二階の席へと案内する。

この店の常連だけあって、彼女は武石が新人だと一目で看破《かんぱ》したらしい。

吹雪が来るまで少し待っていて欲しいと伝え、ボトルを探して運び、水割りを作っていると、タバコを吹かしながら言われた。

「あなた、初めて見るわね。いつから？」

「今日からです」

「ッハ！　ここ、厳しいって聞くから、長続きするようにせいぜい頑張りなさいよ。いい接客をしたら、ボトルの一本ぐらい入れたげるわ」

姉御肌《あねごはだ》だ。

グラスに氷を入れながら、武石は尋ねてみる。

「ボトルはよく入れられるんですか？」

「そうね。吹雪の誕生日とか、月末が近いときには、百万のボトルをガンガン入れるわよ」

その言葉に、武石は目を丸くする。

すごい太客だと思っていたが、久美子は悔しそうに続けた。

「けど、それくらいしても、吹雪には派手に金を使う客が他にもいっぱいついてるのよ。かなわないわ。すぐに、吹雪がテーブルに来てくれないのが、まだまだの証拠」

「そんなにも」

「そうよ。会社経営者とか、誰でも顔を知ってる芸能人とか、吹雪にはまって、通ってるの」

――へえ？

初日だし、開店から二時間だ。これといった有名人は目にしていない。もっと遅い時刻に現れるのだろうか。

――稼げる女性なら、ここで好きに金を使ってもなんの問題もないはずだ。

だが、接客している久美子は、専業主婦だという。結婚した相手はいずれも普通のサラリーマンだったそうだから、ここで大金を使ったら家計に無理が生じるだろう。

——ホストへの依存症、って感じなのか？

吹雪にはまって、金を使うことから抜け出せないのだろうか。

吹雪は不思議と人を惹きつける。その造形だけでも、彼は特別な人間だと他人に思わせるところがあった。そんな吹雪にじっと見つめられ、意味ありげに言葉を重ねられたら、女性なら特に舞い上がるだろう。

先ほどキス寸前まで顔を近づけたときの、キス待ち顔の表情が脳裏にチラついた。思い出すだけで、くらくらする。彼は同性だというのに。

「待ちくたびれたわ。吹雪を呼んで」

丁寧に作った水割りを一息で飲み干すと、久美子はそう放言した。

案内したときに、吹雪がテーブルにつくまでにしばらくかかると説明したはずだ。

「すみません。吹雪は指名が重なっておりますので、来るまでに十五分ほどかかると思います」

マネージャーが先にも伝えた言葉を繰り返すと、久美子は機嫌を損ねた顔でタバコを揉み消した。

「呼べ、って言ってんのよ。あの子は、いつもそうよ。呼んでも、なかなか来ないの。傲《ごう》慢《まん》だわ」

彼女は新たなタバコをくわえた。ハッとして武石がライターを握ったときには、すでに火がついていた。

「私がどれだけ、あの子に貢いでると思ってるの。ボトルを入れて欲しいときだけ、甘い声でねだってくるのよ。ほんと、やってられないわ。別のホストに乗り換えようかしら」

そんなことを言いながらも、彼女の目は吹雪を探している。なんだか、同情したい気分になった。

「そんなふうに、うまく切り替えられればいいんですけどね」

吹雪のことはよく知っているだけに、気持ちのこもった言葉が出せた。

高校を卒業してからも、吹雪に会いたくなるときがあった。わざわざ仕事帰りに、吹雪が住んでいるアパートの前の道を遠回りして歩くこともあった。

自分から酒を持って押しかけ、飲もうと屈託なく誘える性格だったらよかった。

「何よ？」

「俺、吹雪とは高校時代の友人で」

するりと、そんな言葉が出た。プライベートな情報まで出すつもりはなかった。だけど、せっかくホストクラブに潜入したというのに、収穫なしで終わらせることはできない。

「あら」

彼女が興味を示したのを知って、武石は言葉を継いだ。

「当時から吹雪は、女子にモテてましたよ」

「どんなふうに？　ハーレムみたいになってた？」

ハーレムとは言葉が古いと思いながらも、武石は苦笑して続けた。

「ただ、女子にモテすぎるのは大変だと、吹雪を見ていて思いました。男子からはやっかまれるし、特定の女子と仲良くしていると、その女子が他の女子からいじめられるぐらいでした。途中から開き直って、特定の女子と付き合うことにしたみたいですけど」

当時の生徒会長だ。清楚なタイプの才媛で、吹雪と付き合ったことで、女子の中で孤立することもあったようだが、いつでも凜としていた。武石が彼女のことを好きだと吹雪に誤解されたせいで、付き合う前に謝られたのを覚えている。

『悪いな。武石も、彼女のこと、好きだったんだろ』

『いや。別にかまわない』

どこをどう転んで、そんな誤解が生まれたのかわからない。女子が苦手な武石にとっては珍しく、生徒会長は話しやすかっただけだ。柔道部の遠征費用や部活の資金のやりくりで何度か相談することがあり、その礼として荷物持ちが必要な買い出しに一度付き合っただけだった。そこをたまたま吹雪に見られて、デートだと誤解された。

「その女子、吹雪とは長続きしたの？」

「そこそこ、うまくやってたみたいですよ。高校卒業するまで、付き合ってたみたいです。

学校の理想のカップル、みたいな感じで」

「へえ。そのころの吹雪、見たかったな。写真とかないの？」

「家に戻ればありますけど、今は」

「じゃあ、今度持ってきてよ」

　そんなふうに、吹雪をネタに会話は弾む。

　久美子は調査対象だ。聞きたいことは山のようにある。恋愛歴や今まで通ったホストクラブのことなどについて尋ねてみると、面白いようにべらべらとしゃべってくれた。よっぽど話し相手に飢《う》えていたらしい。

「昔、ね。結婚してた相手がＤＶでね。そんな人とは思ってなかったんだけど、だんだん手をあげるようになって。それから、男性不信。ホストクラブにはまるつもりはなかったんだけど、ちょっとした気分転換に行ってみたら、わりといいのよ」

「いいですか」

「いいわよ。いつでも、いい男が私の話を聞いてくれるし。しょせんは仕事だから、ってこっちも割り切っているから、どうせ上っ面《つら》だけの付き合いよ。だけど、不思議と通うのをやめられないの。一番いいのは、吹雪よ。あの子、ここでの付き合いは金次第っていうのを、隠さないのがとてもいいわ。それに、金さえ出せばいくらでもサービスしてくれるし。枕はしてくれないけど」

どこまで本心を吐露《とろ》しているのかわからなかったが、聞きながら武石はいろいろと考えていた。

DVをしていたのは、最初の夫だったのだろうか。最初こそ、殺さなければ殺されるとばかりに追い詰められて、殺してしまったのか。殺した後に大金が転がりこんで、それを湯水のように使うことこそが、彼女にとっての復讐だったのか。

彼女はぐいぐいと水割りを飲み、武石にも勧めてきたので、ペースを合わせてそれを飲む。ほどなくボトルが空いた。

「どうしましょうか、これ」

尋ねると、久美子はちらっと携帯で時刻を確認した。

「あー。もうやだ、一時間も経ってるじゃない。それでも、吹雪は来やしないのね。……いいわ。まだ月の初めだけど、百万のシャンパンを入れるわよ！　だから、吹雪を呼んで」

——百万……！

さらりと口走られた内容に、武石は固まった。

高額のシャンパンというのはこんなふうにあっさりとオーダーされるのだと、初めて知った。大きなオーダーがあったときにはマネージャーに言えと言われていたので、まずは一階の入り口にいた彼に伝えた。

「そうか。だったら、他のスタッフに言って、シャンパンタワーを準備して」

百万のシャンパンには、シャンパンタワーがセットになっているようだ。業者を呼ばなくてもそれを作るのが得意なホストが何人かいるらしく、いきなりその準備が急ピッチで始まる。

オーダーの値段によって、どれだけの人数がテーブルに集合するのか、決まっているらしい。百万のシャンパンでは、二階のフロア中にいるホストが勢揃いする。

やんややんやの大喝さいの中でシャンパンの封が開かれ、それがタワーのてっぺんのグラスから注がれていく。

準備の最中で、久美子の脇の席に座ったのは吹雪だ。

少し離れたところにいた武石には、二人の間でどんな言葉が交わされていたのかわからない。だけど、吹雪が親密そうに彼女を抱き寄せ、耳にかかる髪をかき上げながら、何やら甘い言葉をささやいているのが見えた。

吹雪の横で笑っている久美子は、自分に愚痴をこぼしているときとは別人のように楽しそうだった。

何本ものシャンパンが、最後の一滴まで注がれる。

それからは、ひたすらお祭り騒ぎだった。

ホストクラブの営業時間は、真夜中の十二時までだ。風営法で、午前〇時から午前六時までの深夜営業が禁止されている。

この店ではその決まりが厳密に守られていて、十二時にいったん閉まる。

だが、そのころには武石はすっかり出来上がっていた。

久美子のテーブルについた吹雪が、飲め、飲め、とさんざん煽《あお》ってきたからだ。新米ホストという立場上、断ることはできず、武石は何かと杯を重ねることになった。

それに、高い酒は口当たりがよかった。あまりアルコールが含まれていないのではないかと思えるほどだったが、尿意を覚えてトイレに行ったとき、世界がぐらぐらと揺れていたので、自分が酩酊《めいてい》しているのを意識した。

いつになく酔いつぶれ、切れ切れの記憶の中に残っているのは、武石を連れて吹雪がタクシーに乗りこんだときのことだ。そこで意識はふっつりと途絶えた。次に意識が戻ったのは、唇に何かが触れたからだ。

柔らかで、少しひんやりとした感触があった。薄く目を開くと、吹雪の顔が信じられないぐらいすぐ近くにあった。だけど瞼《まぶた》が重すぎて、それだけでまた目を閉じてしまった。

キスは何度か、続いたような気がする。

――だけど俺、百万のシャンパン、入れてない……。

酔っ払った頭にあったのは、久美子がシャンパンを入れた後で吹雪にキスされていたことだった。本当に百万出したら吹雪とキスできるんだなぁ、と思ったのが、頭の片隅に残っている。

そのまま眠りに落ち、猛烈な二日酔いで目覚める。

そのときにはすでにあのキスが現実だったのか、夢だったのかさえ、わからない状態になっていた。

〔二〕

さすがに刑事が自分のところにまで来たとあっては、吹雪は情報収集を始めずにはいられない。

——保険金殺人、ねえ……。

捜査されているのは、吹雪の太客である斎藤久美子だ。

二人目の夫が死んだのが四年ほど前で、つい最近も大金の保険金をかけた三人目の夫が死んだという。久美子が前に通っていたホストクラブの名を武石から尋ねられたが、吹雪はなかなか思い出せずにいた。

——ええと、どこだったか、同じ歌舞伎町の。……ええと。

歌舞伎町はホストクラブ激戦区で、大小合わせて数百軒のホストクラブがひしめいている。似たような店名が多かったから、どうしても思い出せなかった。

だが、武石が翌日に電話で連絡してくれたときに、久美子から聞き出したという店名と担当ホスト名を教えてくれた。それを頼りに、何人かの知り合いのホストに電話をかけて、そのホストにつないでもらった。

彼と電話で話し、直接会えるように手はずも整える。

そんな電話を、開店前のロッカールームでしていたからだろう。電話を切るなり、近くで着替えていた後輩のホストに言われた。

「吹雪さん。そこまでしてやる必要あります？」

「ん？」

「警察の手伝いでしょ。さっさと遠ざけましょ？　それに、お客さんが逮捕されることになったら、店の名前出ますよ」

店で喧嘩や揉めごとが起きたときには警察が介入することがままあり、そんなときには数日間、営業できなくなることもあった。ホストクラブは歩合制の割合が高いから、営業日が減るのは避けたいという気持ちも吹雪にはわかる。

――そりゃあね。刑事は邪魔でしかない。

店に聞きこみにきたのが武石でさえなかったら、吹雪ははなも引っかけなかったことだろう。

だけど、相手は武石なのだ。

自分が彼を特別扱《あつか》いしている自覚があったから、吹雪はそんな気持ちが吐露しないようにことさら仏頂面《ぶっちょうづら》で応じた。

「バーカ。事件になったときに店の名前を出させないために、今、探ってんだろ」

「警察が内偵に入ってるのは、久美ちゃんですよね。すげえ金使ってくれてるけど、吹雪さんが警察に協力してるなんて本人が知ったら、可愛さあまって、殺されちゃうかもしれませんよ」

「ろくでもないこと言うね」

真顔で言うホストの顔をロッカーにガツンと押しつけてやってから、吹雪は『ちょっと出てくる』と伝えて店の外に出た。

開店時間には間に合わないが、わがままを通させてもらえる立場だ。

向かっているのは、今、電話をしたホストがいる近隣のホストクラブだった。客としてきてくれれば、久美子のことについて話をすると言われていた。座れば数万取られるだろうが、それくらいの金を払うことは、吹雪には造作もない。

――何か、収穫があるといいけど。

武石の手助けができる。

そう思っただけで、吹雪はニヤニヤしてしまうのだった。

「そ。で、そのホストが、一回、久美ちゃんの家まで行ったんだって。客と寝るホストは多いからね」

その日の深夜十二時過ぎ。

吹雪は武石と歌舞伎町の高級焼き鳥店にいた。

今日、武石は店には出ていない。二日酔いがひどかったのに加えて、刑事としての書類仕事があったそうだ。一度帰宅したようだが、電話をしたら吹雪の仕事後に落ち合うために、深夜に歌舞伎町までのっそり出てきてくれた。

この店は客単価が高いからテーブルの間隔も広く、アフターによく使われるという事情もあって、店員も呼ばなければ近づかない。内緒話には向いた店だ。

焼き鳥をかじりながら、吹雪は話を続ける。

「そしたら、部屋のあちらこちらに、珍しい植物の鉢が置かれてたんだってさ。中でも目についたのは、食虫植物。日本のだけじゃなくって、海外からも取り寄せてるって自慢してたそうで、見たこともない不気味なのでいっぱいだったらしいぜ」

そんな話を、武石は片手でメモを取りながら聞いていた。

「三人の夫の死因は、揃って心筋梗塞だ。日本では知られていない、植物毒が使われた可能性もある」

そう言って武石は前のほうのメモを確認したが、しばらくして首を横に振った。

「だが、彼女の家は損害保険会社によって調べられている。部屋や庭に植えられている植物に、特に変わったものはない。電気代も普通だ。秘密の温室などはない」

「保険の調査員って、捜査権があるわけじゃないんだろ？　どこまで調べてんの？」

吹雪はウーロン茶を口に運ぶ。店で酒を飲んでいるから、こんなときにはノンアルコールで十分だ。武石は自宅で仮眠でも取ったのか、少し髪に寝ぐせがついているのが可愛い。それでも、律儀にスーツ姿だ。

「俺もそこが気になってな。相棒の、ベテラン刑事に聞いてみた」

武石はそう言って、吹雪に視線を戻してきた。

「特に目をつけられてない場合は、保険会社は通り一遍の調査しかしない。だけど、なんとなくあやしいとみると、まずは簡単に調べてみるらしい。そのプレ捜査で確実にあやしいってことになったら、今度は徹底的に調べるそうだ。民間の探偵が、俺たちからしたらそこまでするのかってほど、執拗に相手を調べることがある。ときには盗撮、盗聴のようなことまでしでかす」

「盗撮は違法だろ？」

聞いてみると、武石は軽く肩をすくめた。

「保険会社はそこまでやってるみたいだな。ただ、渡された資料には、そのあたりのことについてはあいまいな記述になってる。彼女の家を調べた調査結果についても、きちんと記載があった。おそらく調査員として彼女の家に通され、庭まで撮影したんだろうが」

「にしても、矛盾してね？　彼女の家にはあやしい植物があった、っていうホストの言葉と、何もなかった、という保険会社の調査結果と。調査員が入るころには、ヤバ目の植物は全部処分してたってこと？」

「考えられるな」

武石の言葉に、吹雪はうなずいた。人を殺した証拠品を、長い間手元に置いておくとは思えない。そう思って納得したのだったが、店特製のつくねを食べている最中に、ふとひらめいた。

武石のほうに身を乗り出して、言ってみる。

「待てよ。金を持っているお客さん。——しかも、結婚してたりすると、……別に部屋を借りていることとかあるぜ」

「え？」

「つまり、部屋が二つあるってことだよ。夫と暮らしている部屋——こいつは、調査員が徹底的に調べたとこ——とは別に、彼女は別に部屋を借りてたりしてないの？　その部屋でホストと遊んだり、趣味に使ったりして」

そんなケースを、何件か知っていた。金を持っている女性は家庭に縛られたくなくて、自分だけのプライベートな住居を持つことがあるのだ。

だが、武石は首をひねった。

「そんなの、名義から、すぐに調べがつくんじゃ……」

「久美ちゃんは元水商売だろ。新宿には、身元を伏せたまま借りられる、水商売用の不動産業者が何軒もある」

「そうか。そうだな。それだったら、保険会社の調査で判明しない住まいがあっても、不思議じゃない。そっちの業者を調べるか」

西新宿署として、水商売用の不動産業者をいくつか知っているのだろう。明日からでも聞きこみを始めそうな武石だったが、吹雪はその前に釘を刺した。

「だけど、やつらが警察に協力的な態度を見せるとは思えないけど」

「そうだな」

武石は思い当たったような顔をする。

西新宿署に配属されて三年と言っていたから、武石もこの町の流儀を理解しつつあるところだ。三年といえば、吹雪のホスト歴と一緒だ。同じころに揃って仕事が変わったのだと思うと、不思議な気分になる。

「身元を伏せてるやつらは、そもそも別名義で部屋借りてるしな。久美ちゃんがどの名義を使っているのかは不明だし」

「だな」

少ししょぼんとした顔をする武石の、役に立ちたくなった。ホストクラブに武石が姿を見せたときから、かつてのように彼と親密になりたい気持ちが強い。

昔は何の役にも立たなかったが、今ならもう少し何かができるような気がした。

だが、過剰に肩入れしているのが悟られないように、吹雪はさらりと告げた。

「ま、俺が協力してやるよ。枕はしない主義だけど、俺が久美ちゃんにお持ち帰りされれば、その隠れ家まで自然と案内してもらえるだろ」

横暴な警察は嫌いだが、武石は特別だ。ここで手柄をあげたら、武石の成績は少しは上がるだろうか。

だが、武石はそれを聞いても喜ぶどころか、少しとがめるような顔をした。

「枕はしないんだろ。余計な危険は冒すな。これから彼女に尾行をつけるから、立ち回る中で隠れ家が判明すればいい。ただ、保険会社に調査されていると気づいていたら、しばらくは隠れ家に近づかないだろうな」

「久美ちゃん。目をつけられてるって、気づいているの？」

焼かれたベーコンが、プチトマトに巻きつけられた串が届いた。それを口に運びながら言うと、武石も同じ串に手を伸ばしながらうなずいた。

「さすがに三回目だからな。保険会社も大金払いたくないから、徹底的に調査してる。実は保険会社の調査員が尾行や盗聴、つきまといをしているのが本人にバレて、このままだと警察に訴えると怒鳴られ、それもあってうちの署に持ちこむことにした、っていういきさつだそうだ」

「つまり保険会社としては、そこまでしても証拠をつかめなかった、お手上げ案件ってことか」

話をしながらも、吹雪の視線は何かと武石に向いてしまう。

肩の逞《たくま》しいラインは、かつてと何ら変わりがない。その肩に気軽に触れたいし、抱き寄せられたい。だけど、三十も過ぎたら、男同士で自然とボディタッチする方法が思いつかない。

「何？」

じろじろと見すぎていたらしく、武石に尋ねられた。

まだ食べ足りていないように見えたので、吹雪は手を上げて店員に追加オーダーをした。自分の分として、ウーロン茶のおかわりも頼む。

「いや。おまえ、希望通りに町のおまわりさんになってただろ？　なのに、どうして刑事なの？」

「スカウトされたからな」

「え？」

「希望を出してないんだが、体格を見こまれたらしい。俺としては、地域防犯活動に精を出し、子供やお年寄り相手に防犯教室をいつまでもやっていたかったんだが」

「ん……」

　その見かけのわりには、武石は心優しい男だ。教室に迷いこんだスズメを、その手でびっくりするほど柔らかく握りこんで、逃がしてやったのを見たことがある。

「ずっと、交番のおまわりさんでいられたらよかたのにな。そのときの制服姿のおまえに会いたかったたな」

　路上で出会ったときは私服姿だった。百八十五センチの、ガタイのいい警察官。制服姿を想像すると、ぞくっとする。

「そのころでも、刑事時代でもいいんだけど、何か武勇伝ないの？　刃物持った犯人を取り押さえたとか、そういう」

　軽率に口走った直後に、武石の父親はそのような事件で亡くなったのだと思い出して、焦って口をつぐんだ。

「あっ、いや、その、……ごめん。不謹慎」

「かまわない。本当のことだからな」

「ええと、……写真見たいな。制服の姿の」

　焦った挙げ句に、本心が出た。

「交番勤務のときの写真？　あるとは思うけど」

　武石は吹雪の下心を疑うことなく写真を見せてくれるつもりになったらしく、スマートフォンを取り出して操作し始めた。

だが、すぐにハッとしたように、スマートフォンから手を離す。

「そうだ。携帯、変えたんだった。ここにはない」

「家にあるんだったら、メールででも送って」

チャンスとばかりに、ねじこんでみる。武石はうなずきかけたが、途中でそれを止めて首を振った。

「いや。携帯水没させたから、バックアップもなくてな」

「おまえ、本当にそういうところ適当だよな」

吹雪はふーとため息を漏らした。期待した分、拍子抜けだ。

可能ならこのまま自宅まで押しかけて、部屋のどこかにきっとある警察官の制服を着ている現像写真を強奪したい。だけど、武石の家には母親がいるはずだ。こんな深夜に家に行くのは、迷惑でしかない。

——ああ。でも、……見たかったなぁ。

手に入らないと思うと、ムラムラと欲望が募ってくる。

吹雪はあらためて武石を見た。ガタイはよくて、好青年だ。何でこの年まで独身でいられたのか不思議に思うほど、武石の目鼻立ちは吹雪にとってたまらなく好みだった。

笑うと目の端にできる皺が可愛いし、いかつい頬のラインも好ましい。

歌舞伎町のオオバコのナンバーワンホストとして、日々客の女性たちから大金を貢がれている立場の自分が、この高校時代からの友人に惚れているというのは、絶対に公《おおやけ》にできない秘密だった。

何せ、この体育会系の武骨な男が、同性愛を受け入れられるとは思えない。その可能性を探って、高校時代にさんざん試行錯誤してみたのだ。結果として、無理だとあきらめた。何より『そういうものは理解しがたい』と、武石本人にきっぱりと口にされたのが致命的だった。

『自分には無理だというだけで、他人がそうだったら尊重する』と、武石は付け加えた。だから、吹雪は何気ないそぶりで、冗談めかして踏みこんでみたのだ。

『俺がそうだったらどうする？』と、からかうように言った。だが、途端に呆《あき》れたように否定された。

『そんなはず、ないだろ』

毎日女性に囲まれて、吹雪がキャーキャー言われていたからだろう。そのままだと始末に負えないから、目立った女子にファンクラブを作らせて、その内部統制によって迷惑行為を防いでもらったいきさつもある。

武石が好きな吹雪にとって、女子にモテるのは迷惑なだけだったのだが、多感な他の高校生男子にとっては吹雪はイラつく存在だったのだろう。武石は吹雪がどこまで女子にモテようとも嫉妬《しっと》心を見せたことはなかったが、それでも調子に乗っていると思われていたかもしれない。

それもあって、吹雪は最後まで伝えられなかった。

ゲイだと知られたことで武石に避けられるのが怖くて、武石の前ではことさら女好きを装った。女体のどこがどれだけそそるか、はしゃいだ声で語った。それもあって、吹雪は『そんなはずない』と判断されたのだろう。

——自業自得。俺、武石の前ではいつでも浮ついていたから。

武石の前にいると、自分が自分でなくなるような気がする。武石を女に奪われたくなくて、好きでもない女子と付き合った苦い記憶さえある。

吹雪が交際を申しこんだのは、生徒会長だった。武石と親しく、武石の表情が彼女と話すたびに和らぐのを見ると、たまらない不安を覚えた。プライベートで会っているところまで、目撃してしまったのだ。これ以上、彼女と武石の仲が進展する前に、ダメ元で彼女に交際を申しこんだ。

断られると思っていたのに、承諾されたことに驚いた。

『いいわよ。だけど、形だけね。キスとか、そういうのはなし。それ以上のことも』

彼女が武石のことを好きなのは、すぐにわかった。

交際を始めて間もなく、武石が出場する柔道の全国大会に一緒に応援に行ったからだ。

彼女の眼差しは、ずっと武石に向いていた。隣にいた吹雪ではなく。

告白できない吹雪と違って、どうして彼女が武石に告白しなかったのかわからない。武石に愛される女性の身体を持った彼女だったら、きっとうまくいっただろうに。

彼女は高校の卒業式のときに、別れの言葉とともに吹雪に言い残した。

『いつか、告白できるといいわね』

彼女と手をつなぐことも、いちゃつくことも、武石の目があるところでしかしなかった。

女性に恋愛感情を抱いたことはない。かといって、嫌悪感があるわけではなかった。吹雪が女性に対して抱いている感情は、『羨望《せんぼう》』に近いのかもしれない。その容姿によって、男の心や身体を難なく手に入れることができる身体に対しての、羨望だ。

ホストになったきっかけも、大したものではなかった。新卒で入った広告代理店で、上司についに辞表を叩きつけた日のことだ。

何かと吹雪の外見をあげつらい、「ちゃらちゃらしている」だの「軽薄」だの、「見かけだけで世の中ごまかせると思うな」などと、呪詛《じゅそ》の言葉ばかり投げつけてきたクソ上司だった。

——それでも、五年は働いたんだよな。

仕事で見返してやるつもりだった。だから、必死になって勉強し、クライアントとの関係を取り持ち、五年目にしてついに大きな新規の仕事を勝ち取った。

クライアントは大手の化粧品会社で、女性の役職者が多いところだった。

もちろん色仕掛けなど考えたことなく、クライアントの好みや今までの広告展開、伝えたい理念などを盛りこんで企画コンペで正々堂々と勝ち取った仕事だ。だが、クソ上司に『クライアントと寝たのか』などと暴言を吐かれ、ついにブチ切れた。

上司を殴って辞表を叩きつけた日、一人でやけ酒を飲んだ。泥酔して終電を逃し、この先、どんな仕事をして生きていこうか、路上でうずくまりながら考えていたときのことだ。

『お兄さん、いい男だね』

そんな言葉で、スカウトされたのだ。しゃれた帽子にスーツ姿の五十過ぎの男は、ホストクラブのオーナーだと自己紹介した。君なら、うちの店でトップになれるよ。顔がいいだけじゃなくって、面構えがいい、なんてわけのわからないことを言われた。

だったらこの顔で稼いでやろうと、開き直って生きることにした。

——その仕事を続けてたら、こうして武石と再会できた。

武石との学生時代の思い出は、ひたすら封印して生きてきた。どうせ、実ることのない恋心だ。

思いがけないめぐりあわせで顔を合わせることになったが、この偶然に吹雪は感謝するしかない。

再会したことで武石への気持ちが再燃するのを感じるが、この事件が解決するまでに、自分たちの関係が変わることはあるだろうか。

そのとき、追加の焼き鳥が運ばれてきた。

さっそく手を伸ばしておいしそうに食べる武石を見ているだけで、吹雪は胸がいっぱいになる。

——別に、一緒にいられればいいか。

想いが報われることはなくとも。

ただ顔を合わせ、話をしているだけでも、なんだか幸せな気持ちになった。心が華やいで、ドキドキしてしまう。

そんな恋のときめきを覚えること自体、近年ないことだ。


「久美ちゃん。今日は特別にアフターしない？」

武石がこのホストクラブに新人として現れて、一週間目のこと。

もう久美子に聞くことはないというので、万全の打ち合わせを終えた後で、吹雪はそんなふうに誘ってみた。久美子は一瞬驚いたように眉を上げ、それから嫣然《えんぜん》と笑ってみせる。

「あら。アフターとか、同伴はしないんじゃなかったの？」

「表向きはね」

君だけは特別、という雰囲気を、吹雪は漂わせてみせる。それは久美子にとっては嬉しい誘いだったらしく、一瞬の躊躇《ちゅうちょ》の後に、了承された。だから、〇時までの営業時間が終わるなり、二人で店を出た。

深夜営業をしているバーで飲みなおしているうちに、彼女はすっかりアルコールが回ったようだ。

「家まで送って」

そんなふうにささやかれ、彼女と密着しながらタクシーに乗る。彼女が運転手に伝えたのは、歌舞伎町からそう遠くない交差点だ。彼女が夫と住んでいたのは、その付近ではなかった。

吹雪の持ったスマートフォンのＧＰＳによって、居場所が武石に伝わるようになっている。

まずは久美子の隠れ家に案内され、それからどうにか理由をつけて、その家から出る手はずだった。武石は吹雪に危険なことはさせない方針だったが、これくらいは危険なうちに入らないと押しきったのだ。

久美子がタクシーの後部座席でうとうとしていたので、武石にメッセージを打っておく。

『これから、久美ちゃんち行く』

了解、とだけ短く返信があった。

その返信を見ているだけで、じわりと胸に広がる温かい感情があった。こんなふうに、武石の役に立つのは嬉しい。

ふと顔を上げると、タクシーがスピードを落として道路の端に停車するところだった。ここが目的地らしい。

「久美ちゃん。久美ちゃん、起きて。着いたよ」

そんなふうにささやいて久美子を揺り起こし、一緒に路上に降り立つ。

まっすぐ立てないふりを装って、久美子は吹雪にしなだれかかってきた。その腰に腕を回して支えながらも、吹雪にはこれは演技だとわかっていた。完全に酔っ払っていたら、もっとぐにゃぐにゃで支えにくい。久美子の足取りは、それなりにしっかりしていたからだ。

——密着して、相手をその気にさせようってときの演技。やたらと胸を押しつけてくるし。

泥酔していない証拠に、彼女はエントランスに入るための暗証番号もしっかり押せたし、高いヒールでも転ぶことはなかった。

「何階？」

「十二階」

エレベーターを待ちながら、吹雪はさりげなくセキュリティを確認する。

少し年数が経ったマンションだが、オートロックで、それなりに警備は厳重だ。おそらく、水商売の女性専門のマンションだろう。

彼女を部屋まで送り、その室内にある植物などをざっと見たら、何らかの用事をでっちあげて、すぐに外に出るつもりだった。

だが、彼女を支えながらエレベーターに乗りこんだあたりから、今度は吹雪のほうがぐらぐらしてきた。久美子を支えるどころではなくなってきたので、そっとその身体から手を離し、エレベーターの壁にもたれかかる。ぐるぐると世界が回り始めていた。

そこまで飲んだつもりはないのに、これはどういうことだろうか。

――大丈夫。落ち着け。水を飲めば。

ホストクラブで、飲まされすぎて酩酊することがある。飲みすぎないようにしていたが、たまにS気あふれる女性に高価な酒を入れられて、それを強要されることがあるのだ。

普段は上手に客の気持ちを操っているつもりだが、そんな吹雪が愛《いと》しくて憎くなるのだろう。売り上げをあげるためには、無茶な量の酒でも飲んで盛り上げなければいけないことがあった。

――けど、……これは、……違う。……なんか。

どっと冷たい汗が噴き出してくる。貧血を起こしているのだろうか。

ほどなくエレベーターは十二階に到着した。降りるために久美子を支えようとしたのだが、逆に吹雪のほうが支えられ、腕をつかまれてエレベーターから引っ張り出された。そのまま廊下を歩かされ、玄関の鍵を探すときに腕を離された。

——あれ。

思考力も極端に落ちている。立っているだけで精一杯だ。

玄関のドアが開き、吹雪はまた腕をつかまれて、その室内に連れこまれた。廊下を引きずられて歩き、リビングルームにあるソファに、気づけば倒れこんでいた。

「っ」

さすがに、これは変だ。

身じろぎできずに、吹雪は考えた。この身体の異変は、アルコールだけの酔いとは思えない。同じ量を飲んでも、体調によって、ひどく酔っ払うことがある。だが、ここまで世界がぐるぐるしたことはなかった。床に身体が沈みこむような感覚があって、動くこともままならない。

久美子はその向かいのソファに腰かけた。その動きは、吹雪とは対照的にしっかりしていた。少し前までタクシーで酔いつぶれそうになって、うとうとしていたとは思えない。

かち、とライターの音がして、彼女がタバコに火をつけたのがわかった。紫煙《しえん》が薄く流れるのを、吹雪は視線だけで追う。

どうにかソファで寝返りを打って久美子の姿が見えるようにしたとき、窓際に見たことのない不気味な形状をした植物のプランターが並んでいるのに気づいた。その瞬間、ぞくっと背筋が震える。ここは、久美子の隠れ家だ。以前、別の店のホストが連れこまれたと聞いたところ。

――この家……。南国の植物がある家。

同時に、自分のこの体調の変化は、この植物の何らかの成分によるものではないかと考えた。久美子はおそらく、何人か夫を殺している。殺すまでに至らなくても、その植物毒がどこまで人体に効果を及ぼすのか、試してみたこともあるだろう。

心当たりを探ってみる。先ほど、アフターで一緒に行った店で、トイレに行くために席を外したことがあった。その後で口にした酒に、一瞬だけ舌がピリッとしたのを思い出す。だから、一口しか飲まなかったが、あれに何か入れられていたのではないだろうか。

「う、……ぐ……っ」

久美子に何か言おうとして、舌まで麻痺《まひ》しているのに気づいた。そのことに吹雪が焦っていると、久美子は一本タバコを吸い終えてから、その火を消して、移動してくる。吹雪が座るソファに割りこむように座り、まともに身体を動かせないでいる吹雪の頭を両手でつかんで太腿に乗せた。それから、無造作に手を伸ばして、吹雪の頬をべたべたとなぞった。

普段はこんなふうに、顔に気安く触れさせることはない。それだけに、不快だった。

「綺麗ね。とても綺麗な顔ね。こんなふうに、綺麗な顔面を持って生まれてきたら、女の気持ちには傲慢になるのよね」

愛しさと、憎しみが混じったような指の動きだ。ホストは客のその二つの感情を利用して、金を吐き出させようとする。久美子は店ではさばさばした態度を見せていたが、吹雪に対する憎しみと愛しさを過剰なほどに募らせていたのだろうか。

「どうしたの？　すごくびっくりした顔をしてるわね。私がここまでするとは、思わなかったの？　でも、するでしょ？　だって私は、保険金めあてに、夫を殺した女よ」

久美子の声が、本性を現したようにひどく低くなる。

吹雪のネクタイに手が伸ばされ、それが引き抜かれた後で、ワイシャツのボタンを外されていく。

逆レイプされるのかと思った。命の危機を感じていたから、それだけで済んだらまだマシだ。死にたくはなかった。

だけど、こんな状態で勃《た》つだろうか。目を閉じて、武石のことだけ考えていたらどうにかなるのか。

「つぐ、……っふ」

吹雪は舌が回らないながらも、どうにか久美子をなだめたくて、必死になって言葉を紡ごうとする。今、有効な言葉は『愛している』だろうか。偽りの言葉の代わりに、唾液があふれた。

「ふふ。可愛いわね、吹雪。そんなに必死になって。殺しちゃうのがもったいないわ。だけど、大丈夫よ。綺麗なまま、壊してあげるから。ああ、でもそんなふうにうまくはできないかしら」

――殺す……！

耳にした言葉には恐ろしいぐらい現実味があって、吹雪は震えた。

必死になって身体に力をこめ、久美子から逃れようとするが、自分の身体が粘土のように感じられるほど、手足に脳の命令が伝わらない。そのことに、吹雪は心底恐怖した。

このままでは、何をどうされても抵抗できない。絶体絶命のピンチだ。武石は吹雪がここにいることを知ってはいるものの、彼とは位置情報を共用しているだけで、この状況は伝わらない。

部屋さえわかったら、適当にごまかして出るとだけ言ってあった。だから、吹雪がここから出るのが遅れたとしても、ここまでの危機に陥《おちい》っているとは考えないはずだ。コーヒーをご馳走になったりだとか、軽く飲みなおしていたりしていると考えて、無理やりここに押し入ってくることはないと思えた。

ましてや、情事でも始まったかと誤解されたならば。

――だったら、……どう、……すれば。

一人でこの窮地を乗り切るしかない。

そのとき、久美子の手がはだけたシャツの隙間に入って、直接肌を撫でた。その手の冷たさにぞくりとする。

吹雪が目指しているのは、細くても引き締まった身体だ。女性に対する魅力を維持するために、空いた時間はジムでトレーニングをしていた。その甲斐あって、そこそこいい感じに筋肉がついている身体のラインをなぞられていく。

「どうしよう。このまま殺しちゃうのは、もったいないわね。一度、味見してからにしようかしら」

そうしてくれたほうがいい。まったくその気はなかったが、時間をかけてくれたら、この麻痺が少しは解ける可能性がある。

吹雪の顔を、久美子は弄《もてあそ》ぶような笑みを浮かべながらのぞきこんだ。

「私があやしまれて、保険会社から調査されてたのは知ってたわ。さすがに三度目だし、あれだけ掛けたら不自然だものね。今度は警察まで動いてるって、あなたの店で聞いたの」

誰だよ、秘密を漏らしたのは、と、吹雪は心の中でののしった。

刑事がホストとして時折店に出ていることは、口止めしてあった。だが、とっておきの情報とばかりに、客の耳に入れるホストはいるのだろう。それを聞いた客の一人が、わざわざ久美子に伝えたのかもしれない。店の常連客同士が親しくなるというのは、よく聞く話だ。

——どうにか、時間を稼がなくては。この麻痺が解けるまで。

だがそのとき、吹雪の首にネクタイが引っかけられた。先ほど引き抜かれた吹雪のネクタイだ。それを巻きつけながら、久美子はひどく冷静な声で言ってくる。

「あなたが警察に協力するなんて、思わなかったわ。裏切りよ。だから、やっぱり殺す。私が捕まったら、店には行けなくなる。だから、あなたも店に出られなくなればいいの。私のいない店で、愛を振りまいているなんて、不自然だもの」

淡々と口にしながら、久美子は吹雪にかけたネクタイのねじれを直した。

それから両端を持って、ぐっと力をかけてくる。感覚が鈍《にぶ》くなっているのか、最初は絞められているのがわからなかった。だけど、じわじわと息が詰まっていく。吐く息も吸う息も遮断されて、こめかみのあたりでどくどくと脈が弾けた。

そんな吹雪を凝視しながら、久美子は笑った。

「あなた、あの子が好きなんでしょ。わかるわよ。だってあなた、いつもとは態度が違うもの。あの子に軽く肩を抱き寄せられたとき、自分がどんな顔をしているのか、自覚ある？　見たことがないぐらい、照れて嬉しそうな顔をしてたわよ」

——あの子?

首を絞められる苦しさの中で、誰のことだか考える。すぐには思い当たらなかったが、もしかして武石のことだろうか。武石が店にホストとして潜入するときには、久美子のテーブルについていた。一緒に接客したこともあったから、そのときの態度から、久美子は吹雪が好きな人を見抜いたというのだろうか。

——まさか、そんな……、あっさり、バレ……る?

自分の演技力はそこそこだと思っていた。

「ぐ、……ぐ、ぐ……っ」

焦りの中で、だんだんと視界が黒く塗りつぶされていく。

こんなところで殺されるなんて、冗談ではない。まだまだやりたいことが山ほどある。だけど、びっくりするほど手足に力が入らない。ここまで無抵抗の状態で、終わりを迎えるとは思わなかった。

意識が切れそうになったそのとき、どこかでドアが開いた音を聞いたような気がした。だけど、現実とは思えない。自分の願望との区別がつかない。

「吹雪……!」

武石の顔を見たような気がする。

その瞬間に、意識が灼《や》き切れた。

目が覚めたとき、吹雪は病室らしき部屋の、ベッドにいた。

腕に点滴がつなげられている。

身じろいだだけで、喉が鈍く痛んだ。どうしてこんなところが痛いのかと考えたとき、久美子にネクタイで首を絞められたことを思い出した。

身体を動かしたことで、吹雪が目覚めたのを知ったのか、部屋にいた看護師が近づいてきた。それから点滴を外されたり、体温を測られたり、体調について尋ねられたりする。

その後で医師が呼ばれ、軽く診察された後に言われた。

「もう大丈夫です。日本では珍しい神経毒を使われたようですが、すでに代謝されているので。特に異常がなければ、そのまま退院してください」

全身がやたらとだるくて、寒い。

「ぞくぞくするんですけど。……指先も、すごく冷たくて」

その感覚を伝えると、医師は首を傾げた。

「先ほど計測した体温は、三六度一分。じきに、だるさも薄れていくと思いますよ。何日もだるさが続くようでしたら、また来てください。お大事に」

もう問題はないからベッドを空けろ、という意味だと察して、吹雪はうなずいた。

「ありがとうございます。お世話になりました」

医師と話している間に、病室に武石が入ってきた。だから、自分がここに運ばれたいきさつなどは、武石から聞こうと決める。

今でも目を閉じれば、首をぐいぐい絞めてきたときの久美子の顔が浮かぶ。人殺しをするときの表情が、瞼に灼きついている。思い出すたびに、ぞくっと背筋が凍る。

身体が小さく震え出しそうになるのを、吹雪はどうにか抑えこんだ。

「今、書類を持ってきますので、着替えて待っていてください」

そう言って、医師と看護師が病室を出ていく。それを待って、吹雪は尋ねた。

「どうなった？　久美ちゃん、捕まったの？」

「ああ。斎藤久美子は、殺人未遂の現行犯で逮捕した。診断書を出してもらうことになっている。後でおまえの調書も取らせてくれ」

「かまわないけど、俺に使われてたのって、何？　毒？」

「おまえの血液から、珍しい毒物の成分が出たそうだ。使われたのはほんの少量で、経口摂取らしいが、大量に使うと心筋梗塞を引き起こすらしい。彼女の部屋から、それを抽出するための道具と、原料となる植物も押収した」

「それって、夫殺しの証拠になりそう？」

「代謝が速いから証拠が残りにくく、これを使った殺人で明るみに出たのはほんの一部にすぎないだろうって、うちの鑑識から聞いた。斎藤久美子は、どこからかその情報を入手して、夫を殺すためにその植物を育てていたんだろう。毒物は一種ではなく、何種類かの毒物を組み合わせた複合型だそうだ。そのほうが、検出しにくいらしい」

「何種類も、か」

「何が使われていたかさえわかれば、死後何か月が経過しても、体内の微量な薬物を検出する技術は確立されているそうだ。三人目の夫の検体は残っているから、今、分析している真っ最中だそうだ」

「そっか。役に立てたならば、よかった」

ふううっと、深いため息が漏れる。

人が人を殺すというのは吹雪にとっては遠い出来事だった。なのに、殺されそうになり、その殺人者が毎日のように接客していた客だったとなれば、急に身近な出来事のように思えてくる。

彼女の毒気に当てられたのか、寒気が消えない。だけど、事件は解決に向かうようで、さっぱりした。

ベッドから下り、服装を整えたところで、看護師が戻ってきた。書類を手渡されて病室から送り出され、吹雪と武石は会計へ向かう。

なんだか、ちゃんと歩けているのにふわふわした感覚がある。非現実的な感覚がまとわりついていた。

「俺、犯罪被害者なのに、こういうのって自分で出さないといけないの？」

国費による医療費援助はないのかと気づいて、からかうように尋ねてみる。

「訴えれば、加害者から治療費が支払われるケースがある。ただその手続きは――」

「面倒なのか。ま、別にこれくらいはいいけどな」

手間を考えれば、吹雪にとってははした金だ。

手続きを終え、病院から出ると、武石が駐車場に誘った。

「署の車で来ているから、家まで送ろう。今日は顔色悪いから、そのまま帰れ。明日にでもあらためて調書を作らせて欲しいんだけど、都合はどうだ？」

「いいよ」

即答した。先ほど病院の鏡で着替えるときに見たら、首に絞められた跡が残っていた。この跡が衣服で隠れるのか、確かめてからでないと店には出られない。数日、休むことになるかもしれない。

仕事のことを考えたことで、ようやく頭が働いてきた。

「そういや、店のほうは？　事件、もうマスコミに流れてる？」

「どうだろうな」

日は高く昇っていた。すでに、昼が近い。毒が抜けるまで、吹雪はひたすら眠っていたのだろう。まるで空腹を感じてはいなかった。

外に出れば気分はすっきりするかと思ったが、暖かい太陽にさらされても死人になったような感じは付きまとっていた。あと少しで、吹雪も彼女に殺された男の仲間入りをするところだった。

地面にちゃんと自分の影があることを確認してから、そんな自分がおかしくなる。武石の影も、駐車場のアスファルトに黒々と落ちていた。

吹雪は顔を上げて、武石を見る。

「おまえ、刑事をしてて、殺されそうになったことある？」

武石は車のドアを開けようとした動きを止め、いぶかしそうな顔を向けた。

「いいや。そこまでの大捕り物になったことはないからな。たいてい聞きこみとか、地味な作業ばかりで」

「そういや、どうして俺のピンチがわかったの？　場所を探るだけで、突入とかしないはずだろ」

「なかなか出てこなかったし、なんだかすごく不安になったんだ。胸騒ぎがした」

――胸騒ぎ。

そんな勘で動いたのだろうか。突入したことで、今までの捜査が無駄になることもあるだろう。それでも自分の安全を優先してくれたのが嬉しかったし、自分と武石がそんな不思議な絆で結ばれていると思うと嬉しい。

「ありがとう。助かった」

心をこめて言うと、武石は照れたように笑った。いかつい顔が、一気に親しみやすくなる。

「いいや。こちらこそ。おかげで、逮捕できたし」

武石が車に乗れとばかりに軽く目で誘ったので、吹雪は助手席のほうに回りこんだ。パトカーだったらさすがに送ってもらうのは恥ずかしいが、どこにでもあるセダンだ。

「これって、覆面《ふくめん》パトカー？」

「そう。ここに、回転灯がある」

珍しい設備を見て、吹雪は目を輝かせる。吹雪がシートベルトをしたのを確認すると、武石は車をゆっくりと発進させた。

吹雪が診察を受けていたのは、歌舞伎町からそう遠くない、新宿区にある中核病院だった。ここから吹雪が借りているマンションまでは、車で十分ぐらいの距離だ。そのルートを、口で伝えた。

武石と一緒にドライブするのは、初めてだ。だけど、武石の運転でドライブデートする妄想を、何度も思い描いてはおかずにしていたから、初めてなのにデジャブじみた不思議な感覚があった。

窓の外を見ながら、吹雪はそんな自分を笑うしかない。ひたすらの片思いだ。

最近になってようやく武石のことを思い出すことが減ってきたというのに、こうして生身の、成長した三十過ぎの武石と顔を合わせたら、その気持ちが燃え上がるから、始末に負えない。また彼のことを忘れるまで、相当の月日が必要になるかもしれない。

――だけど、もうバラしてもよくね？

学生時代は必死になって隠していた。知られたら、今までのように武石と接することができなくなると思っていたからだ。

だが、思い切って踏みこんで何もかもがぶち壊しになったとしても、何かが変わるわけではない。事件が片付いたら、もはや彼との接点はなくなるのだ。

目を閉じると、首を絞めた久美子の表情が鮮明に浮かび上がる。暗闇に落とされ、その数秒先に死があった。あと少しだけ、武石が駆けつけてくれるのが遅かったら、吹雪は冷たい屍《しかばね》になっていたかもしれない。首に食いこんだネクタイの、あの抵抗しようのない無情さが忘れられない。

吹雪はぞくりとしながら、首元のボタンを緩めた。ネクタイは外してあったが、首元を圧迫されるだけでも悪寒がする。そんな心理的な傷を負っていた。

無意識に首筋を手でなぞっていると、武石が言った。

「寒いか？」

季節は十月だ。朝晩はかなり涼しくなってきたが、暑い夏を経て、日中はようやくちょうどいい気候になってきた。スーツの上下を着こんでいるから寒いはずはないのに、やたらと背筋がぞくぞくする。

「ちょっと」

答えると、武石が信号で車を停めたときに、後部シートに手を伸ばして何かをつかんで渡してきた。灰色のコートだ。

「おまえの？」

体臭が染みついた男性もののコートなど、武石のものでさえなければお断りしたい。だが、答えを聞くよりも先に、武石のものだとわかった。ほのかに漂う匂いが、ひどく好ましかったからだ。

「そう。俺の」

その答えにより安心して、吹雪はそのコートにくるまった。

――武石の匂い。……いい匂い。

遺伝子的に好ましい相手のものは、いい匂いとして感じられると聞いたことがある。同性の場合はどうなのかと不思議に思いはしたが、好きな男の匂いほど心地よく感じられるものはない。

身体の上に毛布のように広げたコートにさりげなく顔を埋め、思う存分、匂いを嗅《か》ぐ。だが、そんなふうにコートを重ねてさえも、肌が粟立《あわだ》つような感覚は付きまとっていた。

――これは、何だ……？

明るい日差しの中にあってすら、死の闇のようなものを感じる。

殺されそうになったときから、闇が自分の身体の中に巣くっている。首を絞められているとき、真っ暗な闇がすぐそばにぽっかりと口を開いていた。その闇がずっと消えずに自分を呑みこもうとしてくる。

後で一人で苦しむことがないように、この手のことについてはそれなりに知識がありそうな武石に、聞いておいたほうがいい気がした。

「あのさ。……犯罪の被害者が、その後もトラウマに苦しむってことってあるだろうけど、巻きこまれただけの被害者でもある？」

道は混んでいた。空いているときなら十分ぐらいの距離だが、昼間の渋滞に巻きこまれて車はのろのろとしか進まない。

身体から緊張が消えずにいた。常に気を張っていないと、その闇に引きずられてしまいそうになる。これは、トラウマになるような闇なのだろうか。そんなものを抱えたくないから、早いうちに消し去っておきたい。

武石がふと手を伸ばして、車のエアコンをつけた。生暖かい空気が吹雪の頬を撫でる。

それでも寒さはなくならず、凍《こご》えそうな感覚はずっと続いていた。

「トラウマで苦しむ話は、よく聞く。それに、メディア・スクラムにも苦しむそうだ。とんでもない量のマスコミが押しかけて、失礼極まりない質問を突きつけてくるからな」

「……あ。……今回の事件、マスコミに流れてんの？」

先ほど同じような質問をして、まともに答えを得ていないのを思い出した。

「保険金殺人で三人の夫を殺した女性が逮捕された、っていうニュースは、今朝から流れている。女がホストに入れこんでいたことや、そのホストクラブの具体的な店名については警察発表では伏せられているが、こういうのは漏れるからな」

「そっか。……やっぱ、今日の出勤は無理か」

三人の夫に、莫大《ばくだい》な保険金をかけて殺した凶悪な妻。その金はホストクラブの豪遊に使われていた。そんな事件にマスコミが食いつかないはずはない。

吹雪は携帯を取り出して、マネージャーに今日は休む、とメッセージを送っておいた。いつもならすぐに返事が来るはずだが、今日はない。店もごたついているのだろう、と考えて、ふと気づいた。

「あ。まだ開店前か」

今日は店は営業するのだろうか。店内一斉の連絡が入るSNSのほうものぞいてみたが、今のところ何もメッセージは入っていないようだ。

ホストに貢ぐ女性がどのようにして金を捻出《ねんしゆつ》しているのか、吹雪はあまり考えないようにしていた。

客の中で多いのが、水商売の女性だ。その中でも風俗嬢が多い。自分が男にサービスして稼いだ金を、男にサービスさせることに注《つ》ぎこむ。

それはある種の復讐なのだろうか。

車はようやく渋滞を抜け、吹雪の住むマンションの前に到着した。二度引っ越した後の住まいであり、エントランスからは格式すら感じられる。

吹雪は路上を見回した。今のところ、マスコミらしき人影はない。久美子の担当だったホストのことまで、探り出せていないのだろう。

武石が吹雪を降ろして走り去りそうな気配を見せたので、吹雪は来客用の駐車スペースを指示した。

「そこ駐めて、部屋寄ってけよ」

「いや、だが」

「ちょっとだけ。頼む」

一人で部屋に上がるのが、少し怖かった。何か恐ろしいものが待ち構えているような気がする。殺されそうになったことで、気丈なはずの自分がそのようなトラウマを抱えこんだのが不思議でもあったし、奇妙な感覚に陥ってもいる。

もっと自分の心は強いと思っていた。自分が何に怯《おび》えているのか、よくわからない。久美子は逮捕されたのだから、吹雪を脅《おびや》かすものはいないはずだ。

それでも、武石に来てもらいたい。武石は吹雪の表情の中に何を見たのか、三回目に誘うとうなずいて、車を地下にある駐車スペースに向けた。

地下階から、エレベーターに乗って二人で部屋に向かう。そのときに吹雪は借りていた武石のコートをしっかり着こんでいた。寒いからまだ借りていたいという気持ちもあったし、これを押さえておけば、武石がそれを取り戻すまで帰宅しないのじゃないか、という思惑もあった。

エレベーターに入って、セキュリティカードをスキャンさせる。

どの階に向かうにも、セキュリティカードを使わなければエレベーターが動かない仕組みだ。セキュリティが強化されたマンションなのだから、この先も危険はないとわかっている。どんなにマスコミが押しかけてきても、部屋に閉じこもっていれば特に厄介な事態にも陥らないはずではある。買い物なども、頼めばコンシェルジュが代行してくれる。

だが、部屋に向かうまでの間にも、悪寒はさらに強くなっていた。小刻みに身体が震えてくる。冷凍庫の中にいるように震えが止まらず、歯が鳴りそうになる自分に狼狽した。

――何だ、これ……。

自分はそこまで弱い人間ではないはずだ。むしろ、したたかで強い人間というセルフイメージを育ててきた。

それでも何でもないふりをして、武石を部屋まで案内する。

「ここ、俺んち」

だが、玄関のドアを解錠し、広い玄関から上がった途端に吐き気がこみ上げてきて、吹雪は一言も発せずに、トイレに駆けこんだ。

「げ、……んぐ……ふ……っ」

昨夜からほとんど何も食べていなかったから、苦い胃液しか出ない。なかなか吐き気が収まらなかったが、どうにか落ち着くのを待って、顔を洗い口をゆすぐ。

それなりに長い時間が経っていたはずだ。洗面台から顔を上げると、廊下との分岐点に、武石が何も言わずに立っていた。

「大丈夫か？」

「悪い」

一言だけ返して顔を拭き、吹雪はリビングに向かった。

自慢の部屋だ。角部屋だから、二辺が大きな窓になっていて、そこから新宿の見事な夜景が見下ろせる。白革のソファもローテーブルも、この部屋にあるのは選び抜いた一流の調度ばかりだ。

これを選んでくれたのは、吹雪の先輩にあたるホストだった。彼がそれが搬入された部屋を見て、言った言葉を覚えている。

『見るからに、金のかかった住まいだろ。男が一発当てて、住みたいと思う成功の証《あかし》そのものだ』

吹雪はあまり調度に興味がなかったから、あれから模様替えはしていない。留守中に掃除をしてもらっているから、モデルルームのように美しい状態が維持されている。

一度はこのような部屋に住んでみたいとは思っていた。だけど、欲望が満たされた今は、どこか空虚だ。

「すごいな」

つぶやいた武石に一言も返せず、吹雪はソファで丸くなった。寝室のほうが身体は楽だとわかってはいたが、武石と別れたくない。彼と一緒にいられる時間を、可能な限り長びかせたい。そんな気持ちを引きずっている。

「ここ」

だからこそ、ソファで自分の頭のあるあたりを叩いて、そこに座って欲しいと態度で示した。そこに武石が腰を下ろすと、吹雪はもぞりと動いて、その硬い太腿を枕にする。

この状況はなんだか覚えがある、と思った瞬間に、久美子の太腿に頭を乗せられて、首を絞められたときと同じ体勢だと思い出した。

「……っ」

その偶然に、ギクリとして全身が固まる。

そのとき、武石の手がそっと伸びて、吹雪の髪を撫でた。その状況もまさに久美子のときと一緒だったから、絞められてもいないのに息が詰まってくる。

だが、吹雪の緊張を解いたのは、その話題にもかかわらずのんきに響いた武石の声だった。

「うち、……おやじが死んだだろ。腹に包丁ぶっ刺してさ。あれはおっちょこちょいだったおやじの人生の集大成のドジだったんだけど、……おまえがぐったりしてるの見て、そのときのことを思い出した」

自分だけではなく、武石もトラウマを刺激されていたのだとわかる。吹雪はソファで身じろぎ、仰向けになって武石を見上げた。

ぐったりしている自分を見て、武石は父親を亡くしたときの喪失感を思い出したのだろうか。大きなペットを慰めるような気分になって、吹雪は下からその肩に手を伸ばした。

「俺は、大丈夫だったぜ。おまえに助けてもらえたし、変な毒も、たぶん、抜けたはず」

「ああ」

うなずく武石の表情の変化を、吹雪は膝の上からじっと見守る。

豪胆そうに見えても、武石は意外なほど繊細なところがあった。特に吹雪がトラブルを抱えているときは、不思議と見抜いた。もしかしたら、刑事に抜擢されたのも、その観察眼を見こまれたからではないのか。

武石の肩に乗せた手に力をこめて引き寄せようとすると、武石がこちらに顔を寄せてくる。さらに吹雪が武石の首に腕を引っかけたので、顔と顔が近づく。

目を閉じればキス寸前といったおぜん立てだ。

こんなふうに、相手の体勢を変えさせるのは、吹雪は職業柄得意だ。自然にキスに持ちこむのも、強引にすることも。

武石の吐息が頰にかかったので、吹雪は誘いこむように目を閉じた。

こんなとき、キスされたいなんて不謹慎だとわかっている。ここまで誘導しても、武石がするはずがない。きっと目を開けたら、驚いたような武石の顔が目に飛びこんでくるはずだ。どうして吹雪がここまで顔を寄せて目を閉じているのか、武石はずっと不可解に思っているのに違いないのだ。

そこまで考えて、笑って腕をほどこうとしたとき、吹雪の唇に生温かい何かが触れた。

——え?

驚きのあまり、吹雪は固まる。

今、触れたのは、いったい何だろう。全神経が唇の表面に集中する。そんな中で再び押し当てられたのは、まぎれもなく武石の唇だ。驚いて見開いた目に、すぐそばにある武石の顔が、焦点が合わないほど近くにあるのが映る。間違うはずもない。

「……っ」

――だけど、何で？

幻のようなキスだった。唇が触れたのはほんの一瞬で、回数は二回だ。離れていく唇をとっさに引き止めようとして、武石の首の後ろに回した腕に力がこもる。だが、それくらいではどうすることもできない。

ただ唇に、甘い感触が残った。武石にキスされるとは思わなかった。

戸惑った吹雪以上に、武石は自分の行動に驚いているらしい。焦ったような顔を見せ、それから言ってきた。

「ごめん。……なんか、流れで」

「流れで」

思わず鸚鵡《おうむ》返《がえ》しに言った。いかにもキスしてくださいと顔を近づけ、目を閉じたのだから、あれは完全にキスする動きではある。だが、武石は朴念仁《ぼくねんじん》だから、そんな合図が伝わるはずがないと思っていた。

見ていると、少し遅れてキスをした衝撃が押し寄せてきたのか、武石の顔がみるみるうちに赤くなっていく。ここまで武石が赤い顔をしているのを見たことがなくて、その変化を吹雪は新鮮な気分で見ていた。

武石は狼狽したように、自分の顔を擦りながら言った。

「その、……まつげ長いな、とか、唇とか艶っぽいな、と思っていたら、勝手に」

「勝手に」

だったら、学生時代に仕掛けてもうまくいっていたのだろうか。高校時代の自分は今になって思えば惚れ惚れするほどの美少年だったのだが、あの美貌で迫っていたら、もしかしたら。

——まつげ長いだけで、キスしてくれるの？

武石の中の基準が、どこにあるのかわからなくなる。なんだか浮ついた気分になるのは、キスされた感触が唇に残っているからだ。ここで終わらせたくない。いったいどこまで武石が同性同士の行為に踏みこめるのか、確かめてみたい。

もう一度キスできるだろうか。触れるだけのキスではなく、舌をからめ合うキスはどうなのか。キス以上の行為に嫌悪感はないのか。目を閉じていてもらえば、疑似性行為までできるのではないだろうか。

ぞくぞくと、興奮が収まらなくなる。目の前に急においしい餌《えさ》を置かれたような状態になっていた。

事件が起きて、その被害者となって殺されそうになった日に確かめることではない。だけど、今日のようにいつもと違った精神状態の日でないと、武石との関係をずたずたにしてしまう可能性のある行為には踏みこめない。

ずっと臆病だった。武石を失うのが怖かったから、ひたすら友人の位置をキープしようとしていた。だけど、今回の事件が片付いたら、武石との関わりは途絶えてしまう。

この男は、容赦なく関係を絶つのだ。そんなことを思うと、今、ここで心残りのないよう踏みこんでしまいたくなる。

吹雪はソファに腕をつき、上体を起こした。ソファに座った武石から視線をそらすことなく、顔を近づけていく。

ホストの研修をしたとき、冗談だったというのにあと少しで武石にキスされそうになった。あのとき、キスを止めずにいたら、今ごろ何かが変わっていただろうか。

それが知りたい。武石にとって、どこまでが許容範囲なのか確かめてみたい。

だが、顔を寄せながらも、いつ突き飛ばされるかわからなくて、全身が緊張していた。

武石の頬をそっと両手でつかみ、怖がらせないように注意深く顔を寄せる。壊れそうに鳴り響く心臓を静めようとしながら、吹雪は勇気を振り絞ってささやいてみる。

「なぁ。……さっきからずっと、震えが止まらないの。キスできたんなら、その先もできるはずだろ。二人だけの秘密にするし、後にも引きずらない。……だから、何も考えられないようにしてくれないかな」

声はかすれて、上擦《うわず》っていた。演技ではない。本心から怯えている。仕事にも慣れていたから、こんなにも緊張したのは、近年にないことだ。

だが、さすがに武石だけあって、切り返しがひどい。

「考えられないようにって、具体的には何を？」

その言葉に、吹雪は思わず笑った。それで一気に気持ちが軽くなる。

男同士だから、とっておきの誘い文句を繰り出してもピンとこないのかもしれない。吹雪は武石を逃さないように見据えて、具体的に誘ってみることにした。

「男同士で、試してみたいと思ったことない？　教えてやるから。俺に身を任せてみろよ。キスとか、……その先のこと。同性のほうが、感じるポイントもわかってるもんなんだぜ」

言いきってから、そっと目を閉じた。深呼吸して、唇の表面の感覚を極限まで研ぎ澄ませる。

武石とのキスを、永遠に忘れないようにしておくためだ。

そのためには、まず唇の形を把握することから始めたい。それに、その弾力もたっぷり確かめておきたい。

ずっと、ひたすら思い描いていた行為を実行できる。

武石はそこまで言っても顔を引かなかったから、勝手に了解だと判断した。両手で包みこんだ頬に、吹雪は口を寄せていく。

何度か軽く唇を押しつけて弾力を確かめ、その最中に薄く目を開いて、武石がキスを拒んでいないことを確かめた。武石はぎゅっと目を閉じていた。

そんな表情が可愛くて、吹雪は舌先でぺろりとその唇を舐める。

「うあっ！」

その生々しい感触に驚いたのか、武石が大きく肩を揺らした。だが、吹雪は逃さないようにその肩を抱きこみ、大きな犬でもなだめるように背中を撫でながら、さらに深いキスへと誘いこんでいく。

ぷっくりとしたその唇を軽く食《は》むようにしてから、軽く開いた唇の中に舌を忍びこませた。

武石の舌を探り、見つけ出したそれに自分の舌をからめていく。淫らに舌を動かすと、武石はずっとリードされているのが不満になってきたのか、不意に舌を動かした。

「っん、……っふ」

互いの舌のうごめきから生み出されたうずきが生々しくて、吹雪はびくっと震えた。それだけで達してしまいそうなほど、やたらと興奮する。

――すごい。……最高。

武石の舌や唾液がおいしく感じられるから、舌の動きが止められないし、なかなかキスを終えることができない。

息苦しさに耐えられなくなるまでしつこく唇を合わせたが、それでも満足できずにいた。

上がってしまった息を整えながら、吹雪は武石の頭を抱えこんだ。

——すごい。

生身の武石は、今まで思い描いていたどんな武石よりも吹雪を興奮させた。何より、鮮明に伝わってくる全身の感触がたまらない。触れるたびに感じる硬い筋肉の動きや、息を吸うたびに鼻孔《びこう》から忍びこんでくる武石の匂い。硬い髪の感触。息遣い。

武石を構成している要素の一つ一つが、圧倒的なリアルさで吹雪を屈服させる。

武石の身体から、熱さが伝わってくる。少し呼吸が、乱れているように感じられた。もしかして武石も、吹雪のように興奮しているのだろうか。

「キスの先まで、進んでみる?」

武石の頭を抱えたまま、そっと探りを入れてみた。拒むような動きはなかったので、吹雪は武石の頭を少し離して、自分のシャツのボタンに手をかけた。

そのとき、武石が動いた。吹雪を押しのけて立ち上がろうとしているように感じたから、吹雪は焦って全身で抱きつき、それを阻止しようとしがみついた。そのとき、太腿の内側に武石の硬くなった性器が触れた。

ギョッとした。最初はまさか、と思った。だが、この硬いものは間違いない。

「おまえ、興奮してんの?」

鼓動が跳ね上がり、体温が急上昇する。自分だけではなく、武石も興奮しているのだと知ったことで、この先に進むことを許容されたような気がした。

だったら、持てる技巧のすべてを駆使して、武石を気持ちよくしてやりたい。

「これは、忙しかったから」

焦ったように、武石が言う。

忙しかったから、性欲処理をする時間がなかった、という意味だろう。だからこそ、吹雪のキスを受けて、不本意ながら勃起してしまった、と言いたいのだ。

それでもいい。武石が自分に興奮してくれるというのなら、どんな言い訳でも聞き入れる。

吹雪は武石の身体を、渾身の力でソファに組み敷いた。それから、服の下で張り詰めている武石のものを膝で圧迫してやる。それはひどく熱くて、獰猛《どうもう》な形をしていた。その感触を感じ取っているだけで、吹雪の身体がぞくぞくと芯のほうから昂《たかぶ》ってくる。

「いいぜ。抜いてやるよ」

「バカおまえ、……ふざけたこと言うな」

吹雪の言葉に、武石が焦ったように言って起き上がろうとする。だが、すでに吹雪は舌舐めずりでもしたいような気分に陥っていた。

「俺、めちゃくちゃ興奮してるんだ。殺されそうになったからかな。ほら、生存本能がどうの、って言うだろ。こんなときには、男も女も関係なく、やりたくなるものかも」

吹雪の性的指向は男性のみだ。だが、ホストをしていることもあり、女性に囲まれて恋愛ごっこをしているから、今だけ特別だと言い訳しても、武石にはバレないかもしれない。

高校生のときからずっと片思いしていたことを、伝えるつもりはなかった。刹那《せつな》的な欲望で誘ったのだと思われていい。ほんの軽い気持ちでいいから、この誘いに乗って欲しい。

とにかく武石としたいという欲望に、すべてが支配されていた。

武石を組み敷いたまま、吹雪は上着を脱ぎ捨てる。武石がその気になれば、吹雪を突き飛ばせないはずがない。

そうしないのは、この行為になにがしかの興味があると理解して、吹雪は続行を決める。

上半身だけ裸になってから、武石の足の間に手を伸ばした。

そこは、驚くほど熱かった。

「ダメだ、触るな、こんな……っ」

「何がダメなんだよ？　こんなに張り詰めたらつらいだろうから、……抜いてやるよ」

このチャンスを逃すまいと必死になった吹雪は、刺激を絶やさないように服越しになぞりながらベルトを緩め、武石の服を脱がしていく。その作業が楽しくてならない。

大好きな、男らしい身体だった。いい感じに筋肉がついていて、その筋肉は意外なほどに柔らかい。かつて触らせてもらったその身体の感触を懐かしく思い出しながら、思う存分なぞっていく。

今でも武石はそれなりに運動しているのか、余計な肉はついていなかった。吹雪のほうもひ弱だった学生時代とは比較にならないほど、引き締まった身体になったはずだ。

ソファに横たえた武石の下着を引き下ろすと、その下から獰猛な肉棒が現れた。その状態に、吹雪は息を呑んだ。

「舐めさせて」

武石の欲望が理性を凌駕《りょうが》するほど、早いうちに追い詰めたい。相手が男だということを忘れさせるためには、口での刺激に夢中にさせてやるのが一番だ。

返事を聞くことなく、硬く張り詰めたものの先端に何度か口づけた。

「っ！　吹雪、やめろ」

狼狽したような武石の声が聞こえた。髪をつかまれたが、無理やり振り払われることはなかったので、完全に無視した。

舌を出して尿道口を中心にたっぷり舐めてから、浮き出した血管をなぞりながら根本まで唇を移動させる。武石の感じるポイントを探りつつ、別のルートで先端まで戻る。

「っ」

男の身体がどれだけ快楽に弱いのか、吹雪は知っていた。特にこんなふうに急所から絶え間なく快楽を送りこんでやったら、まともに力が出ないはずだ。

ますます張り詰めていく武石のものを愛おしく感じながら、くびれた部分で特に感じているように察せられたので、そこに刺激を集中させた。

武石の視線がこちらに向けられているのがわかる。武石が自分の顔を好きなのは知っていた。

こんなところを武石に見られていると思っただけで、ぞくっと身体が痺れた。武石の性器からにじみ出すフェロモンを直接舐めることで次第に息が上がり、目がトロンとしてくる。

武石にいったいこれを何だと思われているのか、想像がつかなくて怖い。それでも、熱く形を変えた武石の性器が一番正直な気がして、それを煽ることだけに集中することにした。

「……っふ、……んぁ、あ」

途中で吹雪の前髪が、かき上げられた。額で手を止められ、じっくり顔をのぞきこまれながら、上擦った声で尋ねられた。

「おまえ、……こんなこと、したことあるんだ?」

自分以外にも、こんなことをしているのか知りたいのだろうか。吹雪の舌技に熱意はあるが、熟練したテクニックというわけではない。それでも、ポイントは外していないはずだ。

「おまえに、……だけ」

どこからどこまで嘘で固め、真実を隠しておくべきか、とても難しい。特にこんなときには、頭が回らない。

口にしたのは偽りではなく、真実だった。それは、めまいがするような羞恥心をもたらした。

「ふ、……ッん」

吹雪は顎を伝う唾液をいったんぬぐってから、武石を見上げた。

「好きな相手としか、しない」

そう言った途端、触れていた武石の性器がびくんと脈打ったのがわかった。

まるで夢の中にいるような気分で吹雪は大きく口を開き、獰猛な武石のものを先端からくわえこんでいく。

うっかり口をついて出た真実の言葉は、吹雪の頭の中でわんわんと響く。最初に武石をこの行為へと誘いこんだ浮ついた言葉とは矛盾していたが、それでも告白できたことは気分がよかった。

武石がその言葉の意味を深く考えることがないように、吹雪の行為は熱を帯びていく。

「っぐ、……ぐ、……ん、ん……っ」

すでに武石のものは、口に入りきらないぐらいに大きくなっていた。

できるだけ深い部分まで含んで、締めつけながら抜き出す。浅くしたときにくびれた部分で唇を上下させ、また含んでいく。

まだ喉奥まで受け入れる技術を、吹雪は体得していなかった。それでもできるだけ武石を悦《よ》くしてやりたくて、大きなものを精一杯含もうとすると、その苦しさにぎゅっと眉が寄った。

稚拙《ちせつ》な口淫ではあったが、その刺激に応じて武石のものがますます張り詰めていくのが嬉しい。

髪にからまっていた武石の指が、引き離すのではなくて撫でるように動いたので、許容されているような気分になった。

「ッん、……ふ、……ぐ……」

頭をリズミカルに動かして煽りながら、吹雪自身も感じていた。じゅぷじゅぷと音を立てて武石のものを頰張りながら、武石の足を挟みこんだ自分の腰もそっと動かす。

武石の視線を感じることで、興奮に頭が灼き切れそうだ。

──夢じゃ、……ないよな、これ。

どうして武石がこの行為を許してくれるのか、本当のところはわからない。それくらい溜まっているのだろうか。男同士に拒否感がないというのなら、もっと早くにしてしまえばよかった。

このまま射精まで導くつもりだったが、ラストスパートに備えて息を整えていると、むくりと武石が身体を起こした。

「今度は俺にさせろ」

「は？」

どういうことなのか、すぐには頭がついていかない。

武石は繰り返した。

「今度は俺がする」

――何をするつもりなんだ？

いつもは敏い吹雪も、ずっと好きだった相手との初めてのセックスという状況に、完全に思考力が麻痺していた。

せっかくこういうおいしい状況に持ちこんだのだから、このまま続けさせて欲しい。

そんな考えしか浮かばず、立ち上がろうとする武石の身体をソファに押し戻す。

「いいよ。俺に全部任せてろ」

「だけど、触りたい」

そんなふうに言われた直後に、ふわっと吹雪の身体が浮いた。あっという間に体勢が入れ替えられて、背中がソファにつく。

今度は吹雪のほうが、仰向けにソファに組み敷かれる形となる。武石は寝技の名手と言われていたが、それを利用して反転させられたのだろうか。

だが、腰をつかんでスラックスに手をかけられると、吹雪は狼狽することしかできなくなった。

「ちょっと、おまえ、……何する、……つもり」

「何って、おまえがしたことをやり返す」

だが、その前にいきなり胸元に顔を近づけられ、乳首をぬるりと舐められたからびっくりした。

「んぁっ!」

信じられないほど、甘ったるい感覚がそこから全身に広がっていく。

漏れた声は、自分のものとは思えないほど甘かった。

武石はそんな吹雪の反応が楽しかったのだろう。一瞬だけ怪訝《けげん》そうな顔をしたが、今と同じ反応を引き出そうとするようにそこに顔を埋めてくる。

「ん?」

「つんぁ、……あ、……ダメ、そこ、……んぁ……っ」

吹雪はのけぞったまま、びくびくと震えるしかない。

武石は自分がされたことをやり返すと言っていたが、吹雪は武石の乳首など刺激してはいない。

そのことを訴えようにも、武石の舌が乳首を舐めるたびに、大きく震えずにはいられないほどに感じていた。

　乳首はかつてないほど張り詰め、武石の舌の動きを快感とともに伝えてきた。

「っひ、……んぁ、……あ、……あ、あ……」

　乳輪のあたりを硬くした舌先でなぞられるだけで総毛立つほどの戦慄《せんりつ》が全身に流れこんでくる。だしぬけにちゅっと吸われると、電流にでも打たれたように身体が突っ張った。

　吸われるのと舐められるのは、また違っていた。武石の舌が乳輪をぬるぬると舐めた後で、その中心で限界までしこっていた乳首に軽く歯を立ててくる。

「ひぁ、……ぁ、……んぁ、ダメ……だって、ン、ン！」

　あまりにも強烈すぎる刺激に、ガクガクと全身が跳ね上がる。たかが乳首なのに、感覚が変になったまま戻らない。息が急速に上がっていく。

　狂おしいほどの快感の中で薄く目を開けると、胸元に顔を埋めている武石の顔が見えた。口元までは見えないが、伝わってくる刺激によって何をされているのか鮮明に思い描ける。強く吸われた後で舌先で転がされ、甘噛みされている。

「ダメ、……そこ、っや、……っん、ん、……やめ……ろ」

　あまりに感じすぎて、泣き声になっていた。

　だが、武石の唇は乳首から離れず、それどころか反対側の乳首には指が伸びてきた。

　触れられないままにツンと尖った乳首を摘み上げられた後で、その弾力を確かめるように転がしてくる。つかみどころのない舌や唇での刺激とは違って、指での刺激は明確で、びりびりと腰の奥まで痺れる。

乳首をいじられているだけで、痛みに似た甘い感覚が身体の芯を直撃した。

このままでは、乳首だけで達しそうだ。武石の武骨な太い指で乳首を摘まれるたびに、ジンとした痺れが広がる。

指でいじられる側と、舐められている乳首からの刺激が、複雑に腰のあたりで混じり合った。指先で乳首を限界まで引っ張られると、その恥ずかしさと刺激に興奮する。

だが、その後で武石の手が下肢に伸びてきた。じんじんと張り詰めてうずくそこを服の上からなぞられたときには、上からなぞられたときには、吹雪は感じすぎてガクガクとのけぞらずにはいられなかった。

「っく……っ」

「おまえこそ、ガチガチだな。他人のものに触れるのは初めてだが、なんだかここは独特の感触がある」

先ほど吹雪が武石のものを弄んだ仕返しとばかりに、武石は楽しげだ。

さらに形を服越しに指でなぞられて、吹雪は必死に首を横に振った。

「そこ、ぁ、あっ、……っ触る……な……っ」

「どうして？」

「っちゃう、から」

悲鳴のような声で訴える。

武石の手の感触がたまらなく刺激的で、すぐにでも爆発しそうだ。

だけど、武石とのこの時間を、できる限り引き延ばしたい。射精で終わりにしたくはない。

「待って。……っ、俺に、……させろ」

切れ切れに訴え、吹雪は武石の手から腰を逃がそうとした。

武石が意外なほどこの行為に積極的なことに、戸惑い続けている。この様子なら、この先の行為まで進んでも許容してくれるのではないだろうか。

ぞろりとした誘惑が頭をもたげる。

武石がようやく『待て』に従ったことを確認してから、吹雪はふらつきながらソファから降りた。

「ちょっと待ってて。必要なもの、……取ってくる」

そう言って、寝室から取ってきたのは専門の潤滑剤だ。

これさえあれば、武石とつながれる。その欲望が、頭から離れなくなっていた。

吹雪はソファの横に立ち、服を全部脱いだ。てのひらに潤滑剤をたっぷりと押し出してから、指にまぶして足の間へと移動させていく。

武石の視線を感じながら片足をソファに引っかけて、少し前屈みになり、指先を足の奥のくぼみに押し当てた。そのまま力をこめて指を押しこむと、くちゅ、っと音を立てて体内に入っていった。

そんな吹雪の行為を、武石が無言で見守っていた。武石が興ざめしないうちに手早くしようと思うと、どうしても気がはやる。

「ッん……っ」

指先が、体内の襞《ひだ》でぎゅっと締めつけられた。指一本ぐらいなら痛くはないが、まるで収縮性がない。もっとほぐさなければならない。

それでも、ゆっくり指を動かしながら顔を上げると、武石が何かに憑《つ》かれたような目で見ていた。おそらく、吹雪が何の準備をしているのか、理解しているのだろう。

「っぁ、……は……っ」

指を呑みこんでいるこの粘膜で、早く武石を感じたかった。武石の大きなものを呑みこむ想像をしただけで、興奮に襞がひくりとうごめく。

はやる心を落ち着かせながら、指で中をぬぷぬぷとかき回していく。

そこにあるのは自分の指でしかないのに、武石に見られているからやけに興奮した。がくがくと膝が震え始めた吹雪の様子を見て、武石が言ってくる。

「俺も、……手伝ってもいいか」

「手伝うって、何を？」

「指、入れたい」

そんなストレートな要求にぎょっとしながら、武石に潤滑剤の入ったボトルを手渡してみる。武石はその中身をてのひらに絞り出し、指を濡らした。今にも積極的に参入しそうになったので、吹雪は慌てて制止した。

「まだ」

「ん？」

「もう少し、開いてから」

「——わかった」

自分の指を呑みこむだけで精一杯で、まだ武石の太い指を入れる余地はない。そのことを武石は理解したようだが、濡れた指の行方に困ったらしく、乳首に伸ばしてくる。

ぬるりと小さな突起を指でなぞられて、その濡れた独特の感触に吹雪は息を呑んだ。指を食い締めた粘膜が、ひくりとうごめく。

「ッん」

潤滑剤をつけた指でなぞるとぬるつく乳首の弾力がことさら楽しく感じられるらしく、武石の指はそこにとどまった。かすかに指が引っかかるほどの突起を、ぬるぬると転がしてくる。感じるたびに襞が締まるのを感じながら、吹雪は指を動かしていく。

「っ、ふ……ぅ…っ」

乳首にたっぷりと塗りつけられた潤滑剤が、武石の指の動きをなめらかに伝えてくる。すべる乳首をしっかりととらえたくなったらしく、武石が爪を立てて乳首の粒をくびり出そうとしたが、うまくいかない。そのたびにすべって、甘ったるい快感が下肢をうずかせる。

そんな指に感じさせられながら、吹雪はぐちゃぐちゃと指を動かした。たっぷり塗りこみすぎた潤滑剤があふれて、内腿を伝っていく。そんな自分の姿を、武石に見られるのがたまらない。

「ッん、……っぁ、あ……っ」

指を二本に増やし、ゆっくりと体内を突き上げると、甘ったるさが広がった。自分の指の届かないところに、感じるところがある。そこを後で武石に思いっきり刺激されることを想像しただけで、淫らな想像に襞の収縮が止まらなくなる。

「は、ぁ……っ、んぁ……っ」

乳首を転がす武石の指の動きが、その想像に現実味を帯びさせた。

「まだか?」

ねだられて、吹雪は笑った。武石がこんなふうに、自分の身体をいじることに興味を持ってくれるとは思わなかった。

「いいぜ。……指、……まずは、一本、……入れてみる?」

武石が、ソファで膝立ちになった吹雪に身体を寄せた。

吹雪は二本の指を入れっぱなしにしたまま、中でくちゅっと開いて武石の指を誘う。武石が指を吹雪の指に寄り添わせるように入れてくる。

「っんぁ！」

吹雪があらかじめ開いておいた空間は、武石の実際の指の太さよりもはるかに狭かったらしい。武石の指が入ってくるのに合わせて、ぐっと指が内側から押されて、吹雪はぞくんと震えた。

自分の指と合わせて、三本だ。

きつくはあったが、その充足感が悦楽を呼び起こす。

武石の指の感触がそこに性器を入れられることをリアルに思い描かせて、興奮が身体の奥底から湧き上がった。

「ゆっくり、……指、……動かせ」

ここまでぎゅうぎゅうにされると、声を出すだけでも粘膜に響く。

吹雪自身の指は動かせないままねだると、戸惑いながら武石の指が動いた。ゆっくり抜き出され、また戻ってくる。その動きが性器の動きを模しているように思えて、興奮に肌が粟立つ。

「っん、ぁ、あ、あ……っ」

武石の指のために中を開いたまま、その指の動きを感じている。

自分の指と合わせて三本だから、中はひどく狭かった。感じるたびに中の指をまとめて締めつけずにはいられず、そのごつごつとした凹凸に身体が溶けていく。

不意に乳首に指を伸ばされ、爪の先できゅうっと強くその粒をくびり出された。乳首で痛みに似た快感が弾け、それが下肢にまで伝播《でんぱ》する。

「うう、ぁ、あ、あ、あ、あ、あ……っ！」

がくがくと腰を震わせながら、吹雪は自分の性器をもう片方のてのひらで握りこむようにして射精していた。吐き出した量はかつてないほど多かった。

「ぁ、……ぁ、……ぁ、……ぁ、あ……っ」

もっとイケ、とばかりに、なおも武石の指が中をかき回す。

中の指を何段階にも分けて搾《しぼ》り上げる襞の動きを感じながら、吹雪はそのたびに頭を真っ白にして吐き出すしかなかった。

「んぁ、……は、……は、……は」

中の指は全部抜けたものの、快感の余韻で吹雪はぼうっとしていた。

「これで、入るか？」

武石に尋ねられて、吹雪はうなずいた。

「寝室は？」

ソファで続きをするのかと思いきや、そんなふうに尋ねられて、吹雪はぼーっとしたまま、つぶやいた。

「寝室？」

「ここで続けると、高そうなソファを汚すだろ」

言われて、吹雪はリビングの調度を見る。確かに汚したら後始末が面倒だったし、ソファよりベッドのほうが動きやすそうだ。

「だったら、……寝室に」

先導して、ふらつきながら寝室へと向かう。射精したらこの熱が多少は収まるかと思っていたが、ずっと身体が燻《いぶ》されているような感覚が消えない。武石の指でかき回された部分が特にうずいていた。

——入るかな。

いまだにそれが心配だ。

だけど、それなしでは落ち着かないほど、頭がその欲望に染まっていた。

寝室に入り、ベッドメイクされたベッドのシーツを乱して横たわると、続けて武石が上がってきた。

「入れられる？　俺がやろうか？」

吹雪のほうから尋ねてみる。

不慣れなようだったら、吹雪がまたがって入れることも思い描いていたのに、武石は吹雪の足を折り曲げて抱えこみながら言ってきた。

「やってみる」

いざとなるとドキドキしすぎてしまってまともに動けそうになかったから、武石が積極的なのは助かる。腰から下に力が入らないままだ。

吹雪はふう、と息を吐き出してから、武石の手にあらためて潤滑剤のボトルを握らせた。

「すべてはこれにかかっている。たっぷり濡らしてくれれば、大丈夫」

専門の潤滑剤だから、めちゃくちゃすべる。武石の大きなものでも、すべりさえよければどうにかなるはずだ。

「わかった」

武石がそれを受け取り、吹雪の太腿の後ろに自分の膝を押し当てて固定した。

吹雪の恥ずかしいところがすべて、その視線に隠しようもなくさらされてしまう。腰が浮くほど、足を押し上げられていた。

「たっぷり濡らすっていうのは、これくらいか？」

真剣な口調で言われた後で、直接ボトルから股間にひんやりとしたものが滴《したた》らされる。それがシーツまで流れる前に、指で狭間《はざま》に塗り広げられ、さらにたっぷりと中を濡らすために指が突き刺された。

ぬぷぬぷと指が往復し、挙げ句の果てには指を二本突っこまれて体内を開かれたまま中に直接注ぎこまれて、そのぐちょぐちょした感触に頭の芯まで痺れた。

「っぁ、……ん、ん……っ」

すべるせいで、指がちゅるんと中に吸いこまれる感覚がたまらない。

すでに潤滑剤でねとねとなのにどんどん注《つ》ぎ足され、指がそれを中に送りこんでいく。くちゅくちゅっという音が大きく響いた。

武石のごつごつとした関節が、時折、襞に引っかかるのもたまらない。

「っん、……ぁ、……、あ、あ、あ……」

全神経を傾けて、武石の指の感覚を追っていた。

中をどろどろに濡らした後で、武石の指が抜けていく。

「入れるよ」

そんな声が遠く聞こえた。

すでに感じすぎてまともに反応できなくなった吹雪にできたのは、できるだけ身体から力を抜くことぐらいだった。

だけど、武石の切っ先でぐぐっと下肢を割り開かれたときの衝撃は覚悟していたよりも大きかった。驚きに身体が跳ね上がる。

「っんぁ！」

痛みが走って、どうしても身体がそれを排除しようと力が入った。だが、そのときに役に立ったのが、先ほどたっぷり施された潤滑剤だ。

にゅるんと先端の一番張り出した部分が、括約筋を潜《くぐ》り抜ける。そこさえ抜けたら、あとはその質量をひたすら受け止めていくだけだ。

武石の太さに身体が開きっぱなしになっている。

「痛いか？」

尋ねられて、吹雪は首を横に振った。

鈍い痛みは確かに腰のあたりにわだかまっていたが、これはじきに消えるはずだ。鈍痛だから、中が切れたわけではない。

その答えを聞いた武石にさらに押しこまれ、思わず吹雪はくわえこまされた質量の大きさにずり上がって逃げそうになった。

だが、その腰をつかまれて引き戻され、数センチごとに深くされていく。

途中でこれ以上は受け入れられそうにないように感じて、吹雪は大きく口を開きながら言った。

「まって、……ちょっと、……待て……」

しゃべるだけで、武石の形に引き伸ばされた粘膜にまでびりびり響く。中はぎちぎちだったが、おそらく全部は突っこめていないはずだ。この状態で生殺しにするのが武石にはむごいとわかっているが、それでも訴えずにはいられない。

「……わかった」

武石は強引に呑みこませるのはやめて、代わりに乳首に舌を落とした。ちろちろとその粒を舌先で引っかけられると、体温で乾いていた潤滑剤が粘りを増して復活してくる。潤滑剤は無色透明で無害なはずだが、そんなふうにして武石は口の中がべとべとしないだろうか。

唾液と混じったぬめりは、吹雪にとってはたまらない快感をもたらした。

「つぅ、ぁあ……っ」

快感によって身体から力が少し抜けたのか、ずずっと武石のものが数センチ押しこまれたのがわかる。その衝撃に慌てて締めつけたが、また乳首を刺激されたら力をこめ続けるのは不可能だ。

「ふ、……んぁ、あ、……あっ」

そんな吹雪の身体の状態をどこまで見通してか、武石は乳首に落とした舌を小刻みに動かす。

最初のうちはそれでも中を締めていられたのだが、乳首を吸ったり、甘噛みされたりするとどうしても力が抜けた。それに合わせて、武石のものがどんどん腹の奥まで入りこんでくる。

指で反対側の乳首もいじられた。

「あ、……んぁ、……深……っ」

すでに指の届かない奥のほうまで、武石に占領されている。

密着した粘膜が、武石の性器の熱さに灼かれて、ジンジンとうずいた。深いところまで入れられてしまうと、もはや締めつけることもできない。

ただ大きく口を開いて、あえぐだけだ。武石のものの存在感がすごくて、身体がそれに縫いとめられているような感覚があった。意識が、武石とつながったところと乳首に集中している。

「動いていいか」

尋ねられて、何も考えられないままうなずいた。鈍い痛みは薄れていたが、腰のあたりがずうんと重い。久しぶりすぎて、自分が今、味わっているこの感覚が何なのか、把握できない。ただ圧迫感と充溢《じゅういつ》感に追い詰められる。

「ん、……ぁ、……はぁ、……あ、あ……っ」

武石が動き始めると、動きに合わせて中の粘膜がめくれ上がるような感覚があった。それでもどうにかなっているのは、めちゃくちゃ中が濡らされているからだ。

「ン」

まずは、武石のゆっくりとした動きが続く。

強烈な大きさのそれでえぐられるたびに、ぬるっと粘膜がすべる感触がわずかにある。

ただ身体を武石の大きさで穿《うが》たれているだけでも、気持ちがよかった。穏やかな動きは忘れかけていた後孔の快感を呼び起こし、いつしかその動きに合わせて吹雪からも感じるところに擦りつけるように腰を動かし始めていた。

「ン、……気持ちいい……」

うめくように、そんなことを口走る。

武石の欲望で身体をいっぱいにしているのが、気持ちよくてたまらない。素直にその思いを口にする。取り繕う余裕もなかった。

「気持ち、いいか」

どこか嬉しそうな武石の声が聞こえてくる。ぼーっとしながら、吹雪はうなずいた。

「ン。……気持ち……い、……最高」

その声に触発されたのか、武石のものがどくんと体内でさらに膨れ上がる感覚があった。

その後で足を抱えなおされ、少しずつ動きが速くなっていく。

久しぶりの吹雪にとっては、その動きはキツくもあった。違和感に耐えながら、粘膜を

えぐられる鮮烈な感覚を受け止める。

「はぁ、……ぁ、……あ……っ、ンぁ……」

さらに武石の速度が上がっていくにつれて声は乱れていったが、止めて欲しいわけではなかった。

自分から大きく足を広げて、できるだけ楽に受け止めようとする。

だんだんと武石が動きに慣れていくにつれて、入り口から奥まで一気にえぐられる。それが激しすぎて、感覚の処理が追いつかない。

「っつ、あ、……んん、ん……」

腰をつかまれ、武石がリズミカルに腰を打ちつけてきた。

内側の粘膜を刺激されることで、沸き起こってくる感覚は嵐のように吹雪を翻弄した。武石の硬い性器が、体内の一番柔らかいところを荒々しくかき回していく。

武石の動きを助けているのは、たっぷり施された潤滑剤だ。漏れ聞こえる水音は、耳をふさぎたいほどにいやらしい。

「ぁあ、……あ、……あ……っ」

「ン」

自分のあえぎに混じって、小さく武石の息継ぎが聞こえた。彼がこの行為に快感を覚えているのがそれによって意識され、切ないような息苦しさがこみ上げる。

だまし討ちのようにセックスまで持ちこんでしまったが、自分としたことを武石は後悔しないだろうか。

だけど、そんなことを考え続けることができないほど、猛々《たけだけ》しく押しこまれる。入りこんでくる武石のものが、粘膜に刻んでいく一瞬の感覚をできるだけ覚えておきたかった。一生忘れずにいられるくらい、身体に灼きつけたい。

「んぁ、……たけ……いし……ッ」

叩きこまれては抜け落ちる荒々しさに、吹雪の身体も限界まで押し上げられていた。気持ちがよくて、達したいのに達したくない。この快さを永遠に感じていたい。

だが、蓄積されていく快感に、がくがくと太腿が震え始めた。締めつけが増したせいか、武石のものが中で一段と大きく感じられる。

「イクか？」

尋ねられたが、終わらせたくなくて首を振った。

だが、プツンと胸元で尖っていた乳首にいきなり噛みつかれ、反対側をきつく指で摘み出されては、ひとたまりもない。昂っていた身体にそれが最後の刺激となって、堰《せき》が切れた。

「っんぁ、……ぁ、……ぁあああっ！」

身体がのけぞり、全身に力がこもる。

最後は言葉にならない悲鳴を上げて、吹雪はガクガクと痙攣《けいれん》しながら射精していた。

武石がその腰をつかんでとどめのように何度も打ちこんだ後で、深い位置で一気に解き放った。武石に射精された液体が体内で逆流するような感じがして、ビクンと腰が跳ね上がる。

「んぁ……ぁ、……あ……っ」

それから、少しずつ身体から力が抜けていく。

全身にかかる武石の重みがひどく心地よくて、吹雪はその肩に腕を回しながら、目を閉じた。


ふわふわとした幸福感がある。先ほどまであった、久美子に首を絞めて殺されそうになった恐怖は、武石とのセックスのおかげで消え去っていた。

だが、この後どんな態度を取っていいのかわからない困惑が、吹雪の頭にうずまいている。

それよりも切実だったのは、たっぷりと施されたローションによるべたべただ。息が整うのもそこそこに、始末に負えないぬるつきを洗い流すために吹雪は浴室へと向かった。

ローションは水を含むとさらにねとねとになり、それを洗い流すにはもっと大量の水が必要だった。自分が粘液をまとった軟体動物になったような気分で吹雪はシャワーを浴び続け、どうにかさっぱりして浴室から出た。

「は……」

全身が泥のように重い。立っているだけでもつらくて、長く息が漏れた。

疲れすぎていて、頭に鈍痛までする。身体のあちこちが痛い。まともに頭が働かない。

それでも、吹雪を満たしていたのは幸福感だ。

——武石とした。

長年、抱いていた相手への気持ちが通じた。

この先は余計な言葉など必要なく、ただ武石と同じベッドに横たわり、その体温を感じながら朝までぐっすり眠りたい。難しいことを考えるのは、それからでいい。

そんな気分で、濡れた髪を乾かすのもそこそこに、ベッドルームに戻った。だが、武石の姿はなかった。

——あれ？

眠っていてもいいと言ってベッドから出たのだが、どうしたのだろうか。

不意に不安がこみ上げてくるのを感じながら、その姿をうろうろと探す。

リビングに踏みこんだとき、吹雪の目に飛びこんできたのは、頭を抱えてソファに座っている武石の後ろ姿だ。

「……っ」

それを見た瞬間、空気が喉に詰まった。

部屋は薄暗く、明かりはついていない。だが、東京の空は深夜でもほのかに明るい。地上からの照り返しや歌舞伎町のネオンなどで、シルエットどころか、薄く姿が照らし出されていた。

丸められた背中や抱えこまれた頭によって、武石が後悔しているのだと伝わってくる。

それを見た瞬間、吹雪は全身に冷水をぶっかけられたような気分になった。

自分は何を思い上がっていたのだろうか。たとえ性行為を行うことが可能だったとはいえ、ノーマルな男が同性と寝たというのは、それだけで後悔するに値する苦い出来事でしかない。

欲望が強かったらそれだけ、刹那の肉欲に流された自分を悔いずにはいられない。

武石はそんな状態にあるのではないだろうか。

急に周りの空気が希薄になったような気がした。いくら空気を吸いこんでもうまく吸いこめないような苦しさに、吹雪はあえいだ。

ただ武石の姿を眺めたまま、立ちつくしていることしかできなかった。かける言葉も浮かばない。

ようやく初恋がかなったと浮かれていただけに、この落差に頭がついていかないのだ。

「……っ」

あまりの息苦しさに息に小さく声が混じり、それに気づいたのか、武石が頭を抱えこんでいた手を離した。

そこに吹雪がいるのを振り返って確認し、後悔混じりの声で言ってくる。

「すまない」

謝られたのが、決定的だった。

吹雪の顔から、すうっと血の気が引いていく。動揺を隠すためには部屋の薄暗さを利用するしかなく、スイッチにかけていた手を離した。

そのままありったけの気力を駆使して、何事もなかったかのように窓際に近づき、武石の座るソファに腰かけた。

自制心とともに、気楽そうな声を押し出す。

「すごいだろ。ここからの夜景。いかにも新宿、って感じだぜ。これだけの夜景が見れるところは、あんまないはず」

部屋が暗いままなのは、夜景を見るため。そんな言い訳を通用させるために、吹雪はいつもと変わらない調子の声を懸命に維持する。

だけど、頭の中は先ほど武石にかけられた言葉でいっぱいだった。

——すまない、って。……すまない。すまない。

その言葉が、頭の中でわんわんと反響する。これでは、到底ごまかせそうもない。何もなかったように、さらりと流すこともできそうにない。

そのことを悟った吹雪は、深呼吸してから懸命に言葉を押し出した。

「悪かったのは、こっちのほう。……これっきりにしようぜ。互いに、悪ノリしすぎた」

言葉は宙に浮き、武石に受け止められないままふわふわと漂っているように感じられた。

さらに、吹雪はくくっと喉の奥で笑ってみせる。

「アホなこと、しちゃった。殺されそうになって、俺もヤキが回ったかな」

この演技は、上手にできているだろうか。

武石に後悔されたからには、冗談と悪ノリでごまかすぐらいしか取るべき態度は考えられなかった。

武石以外の誰かが相手だったら、もっと楽にふるまえたはずだ。だが、武石は聖域だった。一番純粋だった時期に、ひたすら好きだった相手。彼と相対しているだけで、心の一番弱い部分を剝き出しにされたような気分になる。

ソファに沈みこみながらも、武石がどんな反応を見せるのか、呼吸すら忘れて感覚を研ぎ澄ませて探っていた。自分がひどく怯えているのがわかる。互いの顔はこの薄暗がりではよく見えないから、気配だけが頼りだ。

「わかった」

あっさりと同意され、そのことでより傷つけられた。心臓がきゅううっと痛む。このまま演技を続けられる自信もなくて、吹雪は立ち上がった。

「俺、寝る。おまえはシャワー浴びて、適当に帰って。朝まで眠るつもりなら、毛布はその棚にある。ドアはオートロックだから、閉じれば勝手に施錠される」

事務的な連絡だけを行う。きっと武石は、自分のベッドで一緒に眠ってはくれないだろう。

背を向けようとすると、武石の声が返ってきた。

「わかった。あと、……明日、署を訪ねてもらえるか？　今日のことで、調書をお願いしたい」

「ああ」

ちらっと吹雪は部屋の時計を見た。ここに来たのが早い時刻だっただけに、まだ深夜というほどの時間帯ではない。

「明日、何時ごろ、行けば？」

「好きな時刻で大丈夫だ。受付で俺を呼び出してくれれば、担当者に引き継ぎするから」

「……ん」

「よろしく頼む」

武石と交わされる言葉が空虚《くうきょ》に響いた。大切な武石との会話だから、そのすべてを箱に入れて保存しておきたいほどなのに、これでは何も残らない。妙な下心を抱いてしまったことで、何もかもぶち壊した。

——どうせこれで会えなくなるのだから、何をしても同じだって、思ったはずなのに。

策略は成功して、セックスまでした。だけど、それをしたことで残ったのは、こんなにも空虚な関係だけだ。

吹雪は脳が豆腐にでもなったような気分で寝室に向かい、乱れたベッドに倒れこむ。涙も出なかった。

くたくたなのに眠ることもできず、薄く開いたドアの隙間から、ひたすら武石の気配だけを探っていた。だが、物音は何も聞こえてこない。

——シャワー、浴びないのかな……。

しばらくして、玄関のドアが開閉する音が聞こえた。それから、何も聞こえてこなくなる。武石はシャワーも浴びずに、帰ってしまったのだろうか。

あるのは、静寂だけだ。

——ああ。これで、終わりか。

吹雪は仰向けにもぞりと寝返りを打ち、両手で顔を覆った。

高校時代、どれだけ好きでも告白できなかった。匂わせることすらできなかった。

そのことを、どれだけ後悔したかわからない。勇気のない自分を、責めた夜もある。
ついに一歩踏み出したというのに、その結果がこれだ。
あまりにも喪失感が大きすぎて、涙すら出ない。

〔三〕

武石とのことがあった翌日に、吹雪は表玄関で張っていたマスコミを避けて裏口から西新宿署に入った。

最初の取りつぎこそ武石がしてくれたものの、その後は担当者に引き継がれて、淡々と調書を取られるばかりだった。

長くかかった作業を終え、出ていくときも武石は見送りに出てきてくれなかった。

考えてみれば、その日、署で顔を合わせて担当者に引き継いだときから、武石はまるで表情を変えることなく、淡々としていた。

――何もなかった、っていう感じだよな。

これでいい。

そうは思うのだが、胸が引きつれる感じがある。

どう感情を処理していいのかわからないまま吹雪は帰宅し、一週間ほど仕事を休むことに決めた。

すでに斎藤久美子の保険金殺人が報じられ、記者が西新宿署だけではなく、ホストクラブの周りをうろうろしていると聞いたからだ。

休みたいと吹雪が電話でオーナーに訴えると、すぐに許可が下りた。さらに客にはそれぞれにメッセージを送って、フォローしておく。

ホストとして勤め始めてから、吹雪はまとまった休みを取っていなかった。日本にいたくはなかったから思いつきで旅行代理店に向かい、一気に海外へと飛ぶことにした。

海が見えるリゾートホテルで日がな一日ぼーっとして過ごしたのだが、すぐに退屈する。かといって男女問わず、誰とも親しく付き合いたくなかった。声をかけられることもあったが、それをいちいち断るのが面倒で、コテージに閉じこもって本を読んだり、釣りをしたりした。

帰国して出勤する前に、後輩ホストに連絡を取ってみる。

『もうマスコミの姿、消えましたよ。そろそろいいんじゃないですかね。お客さん。吹雪さんのこと、待ってますから』

休暇を終えた吹雪は、出勤し、接客する。

失恋した胸の空洞は何をしても埋められそうもなかったが、それでも何かで忙しくしていたほうがマシだ。

武石とのことを思い出したくなくて休暇の後は休みなく仕事に励み、空いている時間にはせっせとSNSで客にメッセージを送った。ここまで自分が熱心に営業したことは、ホストとして就職してから一度もなかったのではないだろうか。

——だけど、これでよかった、ってことにしないと。

それでも仕事が終わって一人で帰宅した後に思い出すのは、武石のことだった。

繰り返し、抱かれたことを思い出す。やはり肉体的な接触は圧倒的だった。抱き寄せられたときの幸福感だけ、ずっと覚えておきたい。

武石とのキスや、抱擁《ほうよう》。武石の性器が熱くなっているのに気づいたときの、心臓が跳ね上がるような感覚。

だけど、その幸福感に最後に水を差すのは、リビングのソファで、頭を抱えていた武石のシルエットだ。

それを思い出すたびに、全身が冷える。

ああなることを予想していたというのに、どうして自分は踏みこんでしまったのだろうか。

調書に協力したのを最後に、武石からの連絡は途絶えていた。

もともと用事がなければ、自分から連絡することのない男だ。そんなことはわかっていたはずなのに、やはり連絡がないのはこたえる。自分から連絡もできないまま、一か月が経ち、二か月が経つ。

新年になったころには、ようやく気持ちの整理がついてきた。

だが、気になってきたのが店内のホストの動きだ。

吹雪が勤めているのはオオバコと呼ばれる大きな店で、百人近くのホストを抱えている。雑居ビルの四階と五階をぶち抜きで使っており、店内を大きく四つのエリアに分けていた。そのエリアのそれぞれに、トップとなるホストがいる。ホストはそのトップの下に配属され、新人教育が行われる。つまり、店内には四つの派閥があるようなものだ。

吹雪はそのうち、売り上げトップを誇るエリアのトップなのだが、気になるのは自分直属のホストではない、別のエリアのホストの動きだ。

従業員用のロッカーは、エリアごとにまとまっている。それでもロッカールームは一つだし、ホスト用のトイレも一か所だ。

なんとなく別のエリアのホストの間で、何かが渡されているのに気づいていた。やたらと人目を気にしているから、逆に目につくのだ。だが、それに気づいたのは目ざとい吹雪ぐらいらしく、配下のホストに尋ねてみても、気づいたものはいないようだ。

だから、大したことじゃないと思って流してきたのだが、ふと入ったトイレで、他のエリアに属するホストが慌てた様子で何かを隠したのが目についた。

市販薬とは思えない、毒々しい黄色い錠剤。それが、小さなビニール袋に入っている。それを、彼が大急ぎでポケットにねじこんだのがその一瞬に見てとれた。

「何それ？」

吹雪はすかさず聞いてみる。

「え？　あ、その、……頭痛薬です。昨日から、頭が痛くて」

「ふーん」

納得できない。だが、追及しようとしても、彼は吹雪を突き飛ばすようにしてトイレから出ていってしまった。

その後で、気になってそのホストを探してみたら、吹雪がいつも担当している五階のフロアから見下ろせる、四階の大階段近くのテーブルをそのホストが担当しているのがわかった。

だから、何かとそのテーブルを観察するようになった。やけに、そのテーブルが盛り上がることがある。そのテーブルだけではなく、付近のテーブルもだ。もともとそのエリアはどん尻の成績だったはずなのに、あらためて売り上げグラフを眺めてみると、ここ半年ほどで売り上げがメキメキと上がっているのがわかった。

——なんだ、これ。

いつでも吹雪がトップだったから、自分以外の売り上げをさして注意して見たことはなかった。だけど、そのことが引っかかった。後輩ホストから聞きこんだ話ではそのエリアでは客単価が高いが、ツケを払いきれなくて潰れた客がやたらと多いそうだ。

一般ＯＬがホストクラブのツケを溜めたら、ヤクザに追い詰められて自己破産もできず、風俗嬢などになって、ひたすら返済を求められる。

——うーん……。

吹雪はそこまで客を追い詰めることはしない。客を破滅させたくなかった。ツケが溜まってきたら、やんわりと店に来ないよううながし、来ても高額なボトルを入れることを強要することはない。

それが、吹雪の密かな矜持《きょうじ》だ。仕事は客との疑似恋愛だが、どこかに冷静さを保っておきたい。これはひとときの癒やしであって、人生を破滅させるようなものではないのだ。

それでも、たまに久美子のように破滅するほど吹雪に入れこむ客もいるのだが。

そのように多少は慎重なところがある吹雪とは対照的に、客を潰すほど金を引き出すのを楽しんでいるホストがいるのも事実だ。

——その筆頭が、そこのエリアのトップホスト、イクミ。

やはり、そのエリアのテーブルには何かある。不気味な盛り上がりを見せているのが気になったので、吹雪は自分の子飼いのホストを仕事後に食事に誘い、ラーメンを食べながら聞いてみた。

「うちの店で、何か出回ってるとか、聞いたことある？」

「何かって、……え？　あ、……なんか、……最近、それっぽい……っすね」

ふと思い当たったように、彼はうなずいた。

ホストクラブには、夜の街で働く女性も多くやってくる。そこからの横流しでホストが薬物をやるのは、たまに聞く話だ。

「どんな感じ？　わりとみんなやってんの？」

「なんか、下のフロアでは、出回ってるみたいですね。誰が世話してんのか、わかんないんですけど」

吹雪がこの店に来てから、三年だ。

稀にクスリをやっている客が来店することもあったが、吹雪がその誘いに乗ることはなく、逆に客側の依存を断つように仕向けてきた。そのおせっかいが嫌で店に来なくなった客もいたから、毎回、うまくいくとは限らない。それでも、自分が担当するエリアのテーブルでは、そんなものが出回ることはなかったはずだ。

さらに数日、吹雪は注意して、イクミ担当エリアのホストや客の動きを見守った。酒を飲む前に何かを手渡している気配があるし、客やホストがトイレに立つ回数がやたらと多い。

それどころか、彼らのエリアにマネージャーが頻繁に出入りして、何かを手渡しているのまで見た。さすがにヤバいと思って、吹雪は武石に相談することに決めた。

――マネージャーまでグルだったら、警察に相談しないと無理だ。

おそらく、店で密かに流通しているのは、錠剤タイプの違法ドラッグだ。

自分の担当でなくとも、店の客が不幸になるのを見過ごすわけにはいかない。どれだけの依存性があるのかわからなかったが、薬物によって女性が転落していくさまは、水商売の客からさんざん聞いた。

また武石に電話する機会が訪れたことを、心のどこかで嬉しく思っている自分がいる。そんな場合ではないと吹雪は恥じた。

最初に電話したのは、勤務前の昼過ぎだ。武石の携帯の呼び出し音を聞きながら、呼吸が浅くなるほど緊張していた。

——大丈夫。武石のことは、ちゃんと割り切っている。

それでも呼び出し音が途切れ、『はい』と応じる声を聞いた途端に、吹雪は鼓動が跳ね上がるのを感じた。

まだ苦しくなるほど、彼に恋い焦《こ》がれている自分に気づかざるを得ない。

武石に事情を説明したら、だったらこれから勤務前に会えないかと誘われた。店は午後六時にオープンするから、その前の午後四時ごろに。

了解した吹雪はそのまま店に出勤できるようにスーツに身を固め、髪もセットした。いつもの格好ではあったものの、武石の目に特別格好よく映るように、めかしこんでいる。
いつになく服選びに時間をかけて、やたらと緊張しながら出かけたのだが、約束してい
た喫茶店にいたのが武石一人だけではないのに気づいた途端、吹雪は裏切られたような気
分になった。
武石は一人で来るとは言わなかったし、吹雪も一人で来いとは言わなかった。だから、
同席者がいても不思議ではないのだが、かなりがっかりしたのは事実だ。
武石が自分とプライベートで会うのを拒否しているように思えて、気分が落ちる。
せっかく肌のパックまでしてきたのに、本当に興ざめだ。
だが、武石はそんな吹雪の気持ちも知らずに、いつものようにあまり表情が変わらない
顔で言ってきた。
「彼はこの件で相談した、組織犯罪対策課の佐藤《さとう》刑事だ。情報提供者に会うと言ったら、
だったら一緒に聞こうってことになって」
――情報提供者、ね。
自分はそれだけの役割か。
吹雪はお邪魔虫の佐藤にできる限りの冷ややかな視線を浴びせかけた。
武石と出勤前に会うことになった喫茶店は、歌舞伎町からそう遠くない町の、路地の奥
にある。ウナギの寝床のように縦に長い作りで、わかりにくい立地もあってか、店は空《す》い

ている。従業員のいるスペースから遠い席を占めていたから、ここでどれだけ物騒な会話をしていても聞こえないだろう。

「佐藤です」

名刺を差し出されて、吹雪はそれに視線を落とした。

遅く来た吹雪がコーヒーを頼んでいるときに、世慣れた風の三十代後半ぐらいの佐藤刑事が、武石に屈託なく話しかけるのが聞こえた。

「おまえ、この彼の紹介で、前の事件ではホストクラブに潜入捜査に入ったんだってな」

——いちゃつくなよ。

イラっとしたが、武石が何て答えるのか気になった。

「ええ。犯人逮捕に協力してくれたのが、彼です」

「そうか」

佐藤がうなずいて、吹雪に視線を向けた。軽そうに見えるが、目つきは鋭い。

「立て続けの事件となるが、ご協力に感謝する。また機会があったら、この武石にホストクラブに潜入させてやってくれ」

くすくす笑いながらだったから、すぐに冗談だとわかった。だが、吹雪は武石と同じ職場という絶好のポジションにいる佐藤に心を開けない。

だからこそ、吹雪は冗談の一つも交えずに言いきった。

「もう、こいつが刑事だってことは、店でバレてますから。最初にオーナーと、マネージャーには話通してあったし。あと、保険金めあての連続殺人の女が通っていたホストクラブってことで店の名前も出ちゃったから、働いてるホストも、内偵があったのを知っているはず」

「じゃあ、無理か」

「無理ですよ」

——いちゃつくなって。

佐藤と武石が楽しげなやり取りをしているのを聞くだけでまたイラっとしたが、それでも吹雪はどうにか気を取り直して、話をすることにした。

最初に気づいたのは、最近、店のトイレで、ホストが何やらあやしげな錠剤を持っていたから。その錠剤は黄色かった。さらに、そのホストが属する店の四分の一のエリアのテーブルで、おそらく薬物がやり取りされていること。それにマネージャーも関与しているように感じられたことなどを、説明していく。

「まだ、どこまで店の中で広がっているのかはわからない。俺は店の別の四分の一のエリアの責任者だけど、俺たちのグループでは薬物は出回っていない。マネージャーから、薬物についての話をされたこともない。もしかしたら、店で売り上げが悪いそのエリアだけ、密かに薬物を扱わせることで、売り上げの下支えをさせようとしているのかもしれない。

それか、中毒にさせることで、店に頻繁に通わせるようにしてるとか」

売り上げグラフから推測したことなどを話すと、佐藤はメモを取りつつうなずいた。

「具体的な証拠はないんだよな？　その錠剤を手に入れたとか、そういうのは」

「まだ手に入らない。何だったら、店の客を装っておとり捜査でもしてみたら？」

言うと、佐藤は首を振った。

「うちは警察で、麻薬取締官ではないから、おとり捜査はできない」

そんなふうにきっぱりと言われたことで、横にいた武石がかすかに眉を寄せた。前回、ホストクラブで内偵をさせられたことが頭にあるのだろう。

「で、俺はどうすればいい？　錠剤をどうにか手に入れる？」

佐藤と武石のどちらにともなく尋ねてみると、答えたのは佐藤刑事だった。

「君は引き続き、普通に仕事をして、状況を報告してもらいたい。無理に錠剤を手に入れようとはせず、あくまで安全第一で。こちらではまずは薬物ルートを解明してみるよ。ホストクラブのホストは、多く寮で生活していると聞いたが、彼らは同じ寮かな」

「半分ぐらいはね。稼げるようになったホストは、寮を出て、一人暮らししてるけど」

そのあやしいグループの人員を知りたいと言われたので、吹雪はスマートフォンを取り出した。店のホストの顔写真と自己紹介が掲載されたページを開いて、そのエリア所属のメンバーを一人一人教えていく。

寮住み以外の彼らの住所まではわからなかったので、調べておくと伝えておく。吹雪は店の鍵を持っているから、無人のときに忍びこめば、事務所で管理している住所ぐらいは入手できるはずだ。

「薬物ルートの解明って、どうやるの？」

届いたコーヒーを飲みながら尋ねると、佐藤が教えてくれた。

「ホスト二十人以上が扱う薬物となれば、そこそこまとまった量になる。だから、誰が窓口になって、どこから仕入れているのかを突き止めるのが第一だ。あやしそうなメンバーに目をつけて尾行して、誰と接触しているのか、確認する。このグループの中で、その窓口になるとしたら、誰が適任かな」

吹雪は少し考えた。目端が利くタイプだと思われるホストを数名、指してみる。

「あんま、こいつらとは親しくないから、わからないけど」

「ありがとう。今のところは、それで十分だ。また何か動きがあったら、教えてくれ」

互いに連絡先を交換したところで、タイムリミットが近づいてきた。

武石とはずっと顔を突き合わせていたが、佐藤とばかり話して、あまり言葉を交わさずにいた。それでも、これで満足しておきたい。

——顔を見られただけでも、十分だ。

席を立とうとしていると、佐藤に感心したように言われた。

「にしても、君は本当にハンサムだな。いるだけで、絵になるというか」

顔のことをとやかく言われるのは慣れていたから、吹雪はすっと流した。

「ありがとうございます」

「武石が君のこと、ナンバーワンホストで、自分の学生時代の親友だって、自慢してたぜ」

――え？

どちらも事実だが、武石がどんなニュアンスで言っていたのか気になる。

佐藤刑事がコーヒー代を払っているときに、店の入り口のところで少しだけ武石と並ぶ形になった。何か話したいのだが、何を話していいのかわからない。すぐそばにある武石の肩のあたりをぼんやりと眺めていると、ボソッと声をかけられた。

「元気か？」

「え？　ああ、うん」

自分が元気だということは、今日のやり取りでわかったはずだ。田舎の老人のような声のかけかたをすると思いながら、吹雪は小さくうなずいた。

すると武石は、さらにボソッと話しかけてくる。

「無理するなよ。危険には踏みこむな」

「ああ、わかってる」

近くから武石の顔を見ただけで、なんだか息苦しくなってすぐさま視線をそらした。武石が好きすぎて、見ているだけでも耐えられなかったのだが、冷たくされたと誤解されても困る。だからこそ、もう一度視線を戻した。

「おまえは？　元気？」

何を話しかけていいのかわからなくなって、気づけば少し前に武石に話しかけられた通りのことを口にしていた。

武石はそれを聞いて、歯を見せて笑う。

「ああ」

その笑顔を見ただけで、胸がいっぱいになった。

こんなにも魅力的かつ吹雪の心をつかんで離さない武石を、野に放っておいていいのだろうか。どこかに閉じこめておかないと、いつの間にか誰かに奪われてしまうのではないのか。

だが、すぐに領収書を持った佐藤が近づいてきたので、吹雪は二人と別れてホストクラブへと向かった。

もっと武石と話がしたかったな、と後ろ髪を引かれるような思いは続いている。

――武石にとって、俺とのセックスはどんなふうに割り切られてるんだ？

出勤の道すがら、そんなことを考える。

答えは出ない。武石との失恋から立ち直るのに数か月も必要だったというのに、顔を見ればやはり好きだと思ってしまう。自分は一生、武石の面影を抱いて生きていくのかもしれない。

——ま、いっか。それでも。

警察に事件について知らせたことで、少しだけ気が楽になっていた。だが、証拠といったものがまともにつかめていないから、佐藤も当惑していたような気がする。どこかで、彼らの間で出回っている錠剤を入手することはできるだろうか。

今の時点で相談を持ちかけたのは、時期尚早かもしれなかった。

あまりにも武石に会いたくて、先走りすぎてしまった反省がある。

帰りに歌舞伎町で寄るところがあるという佐藤刑事と別れて、武石は一人で西新宿署への帰路についた。

吹雪と最後に会ってから三か月が経過していたが、久しぶりに顔を合わせると、その表情の艶やかさがいちいち瞼に灼きつくから困る。

——あんなにも、……綺麗だったっけ。

目の際からびっしりと生えた長いまつげや、綺麗に手入れした眉。何より印象的なのはその目で、視線を向けられただけで武石はなんだか落ち着かなくなっていくように感じるほどだ。

こうなった原因は、わかっている。

三か月前に、吹雪と関係したからだ。

どうしてあんなことになったのか、武石は今でも釈然としない。吹雪をマンションに送ろうと考えた当初は、そんな気はなかったはずだ。だけど、吹雪に誘惑され、熱に浮かされたように頭が働かなくなって、気がつけばたまらない興奮の中にいた。

後悔していない、といえば、嘘になる。

するつもりはなかった。

一番の理由は、吹雪が同性だからだ。だけど、吹雪の容姿は性を超越しているようなところがあり、女性的ではないのに、どこかなまめかしかった。以前から吹雪に何かと欲望をかき立てられることに、罪悪感を覚えていたのだ。

その挙げ句、あんなことになってしまい、武石は自分の自制心に深い反省を抱かずにはいられない。吹雪が他人に執着され、厄介な気持ちを押しつけられることにへきえきとしていたのを覚えている。だからこそ、自分だけは決してそんなことになるまいと心に誓っていたというのに。

――いつでも吹雪が逃げこめる、安全地帯になりたいと思っていた。

吹雪が安らげる場所になりたかった。いつでも武石は吹雪の一番の味方であり、無条件で甘えられる相手として認識されたかった。

なのに、その自分が、吹雪に欲望をぶつけてしまったのだ。

あれから、吹雪の顔がやたらとちらちらする。こんな自分では、吹雪の安全地帯にはならない。

――まぁ、安全地帯なんて言っても、そんなのは勝手な俺の思いこみだし。

吹雪がそのようなものを必要としているかさえ、定かではない。学生時代は盾として役に立っていたからともかく、十数年も前に卒業して、疎遠になっていたのだ。

やった後で、吹雪がやけに思いつめた顔をしながら言ったのを覚えている。

『これっきりにしようぜ。互いに、悪ノリしすぎた』

さらに、吹雪は追い討ちをかけたのだ。

『アホなこと、しちゃった。殺されそうになって、俺もヤキが回ったかな』

――アホなこと、かぁ……。

吹雪にとっては、あれは衝動にすぎないのだろう。

少しエロい気分になったから、手近な相手を誘惑してみただけだ。特にあのときは吹雪は殺されそうになって怯えていたから、生《せい》の実感でも欲しくなったのかもしれない。

あの一度の行為が、武石の中にどれだけの嵐を巻き起こし、その後の渇望をかき立てたかなど、知ったことではないだろう。

「は……」

西新宿署に向かって、路上を歩きながら武石は深く息を吐く。

そんな吹雪が自分のものになるはずがない。何せ吹雪は高嶺の花だ。

隣に座ってもらっただけで、十万。キスしてもらうのに、百万以上のボトルが必要だ。対して自分は、その吹雪からキスの価値は五万ぐらいだと査定された、冴えない刑事でしかない。

独占がかなわないのなら、また安全地帯として吹雪のそばにいるしかないが、覆水盆《ふくすいぼん》に返らず、だ。

もう一度、武石はため息を漏らす。

どうにもならない。

顔を合わせただけでくっきり脳裏に刻まれた愛しい面影をどうにか頭の中から追い出して、ひたすら仕事に励むしかない。

警察に相談を持ちかけてから一週間後にあたる一月二十日は、吹雪の誕生日だった。

あらかじめ店で派手に予告していただけあって、その日は非常に盛り上がった。シャンパンタワーの予約が何件も入って、吹雪はいくつものテーブルをはしごするのに忙しく、珍しく酔いつぶれた。

気がついたときには、フロアのソファで毛布をかけられて眠っていた。閉店時に揺り起こされ、タクシーを呼ぼうかと聞かれたような記憶が朧気《おぼろげ》に残っている。

――ええと、タクシー来たんだっけ？　ここで寝てるってことは、……来てないのか。たぶん、俺は断ったんだな。

酔った状態でタクシーで揺られると気分が悪くなるので、店で落ち着くまで眠らせてもらうことがあった。それから、朝方には目を覚まして帰宅するのだ。

スマートフォンを引き寄せて時刻を確認してみると、午前二時だ。

吹雪を含む何人かの責任者ポジションにいるホストは店の合い鍵を持っているから、こうして遅くに帰っても問題はない。

ふらつきながら立ち上がり、テーブルに置かれていたペットボトルの水をがぶ飲みした。おそらく、気が利くホストが吹雪のために残しておいたものだろう。ついでに、メモも置いてあったのが目についた。

『寝かせろということだったので、そのまま残しておきます。気をつけてお帰りください』

後輩ホストの名前が、最後に書かれている。自分はここに用があったから、あえて残ったような記憶もある。それは何だとしばらく考えて、その理由を思い出した。

――そっか。名簿だ。

事務所でイクミたちのメンバーの現住所を探り出して、佐藤刑事に送っておこうと思っていたのだ。そのついでに、彼らのロッカーを探って錠剤が見つかればいいな、と思ってもいたのだったが、さすがに個人のプライベートな持ちものを調べるのは抵抗があった。

――やっぱ、そこまではやめておこうかな。今日は名簿だけで。

吹雪はふらつきながらロッカールームへと向かう。まだまだアルコールが残っていた。ロッカールームの先が、名簿のある事務所だ。

すでにフロアは清掃されて明かりが落とされ、非常口を示す青い光ばかりが周囲を照らしている。

廊下の壁にすがりながらロッカールームまでたどり着いたとき、そこから人の声が聞こえてくるのに気づいた。

――え?

こんな時刻まで、ホストが残っているのだろうか。トップホストの吹雪は店の閉店の手伝いをする必要がなく、いつも早々に帰宅していたから、そのあたりの事情は知らない。

ロッカールームのドアを開けると、眩しい光に目がくらんだ。目が慣れるまでしばらく立ちすくんでいたが、吹雪に気づいたのか、雑談で盛り上がっていたホストたちがピタリと話を止めたのがわかった。

——あいつらだ。……クスリを扱っていた、やつら。

彼らの沈黙に居心地が悪いものを感じながらも、吹雪は無言で前を通り抜け、自分のロッカーの前に立った。事務所で名簿を探りたかったのだが、人がいるから帰宅するしかない。次の機会はあるだろう。

ロッカーを開けた途端、そこにみっしりと詰めこまれている紙袋に気づいた。今日は吹雪の誕生日だったから、客からのプレゼントだ。

ここに入らない品は、別のところに保管されているようだ。紙袋をかき分けて、吹雪は財布などが入ったバッグだけ取り出した。

吹雪は自前の私服で仕事をしていたから、着替えの必要はない。

帰ろうと思ったが、気になって、隣のブロックにいた彼らをのぞき見する。いったい、彼らが何の目的で残っているのか気になった。ロッカーに囲まれたちょっとした空間にはテーブルが置かれ、その上に缶ビールや缶チューハイ、つまみが乗せられている。

どうやら、ここで軽く飲んでいたようだ。

——ふーん？

それだけ確認して視線を戻そうとしたとき、彼らの手から手に何かが渡されるのを見てしまった。

最初は無視しようとした。だが、彼らが薬物を使用している証拠をつかみたかったが、これといった証拠はつかめず、このまま事件化せずに終わってしまうのかもしれないと思っていた矢先だ。

彼らが自滅するだけならともかく、客や店まで巻きこむのは許せない。そんな思いがあるだけに、ついつい余計なことを口にしていた。

「おまえらさ。……いい加減にしとけよ」

靴を履《は》き替えながら言う。

軽い注意のつもりだった。これくらいでは彼らが聞き入れるとは思えず、適当にはぐらかされて、それでおしまいになると思っていた。

「いい加減って、何です?」

だから、思いがけず強い口調で言い返されたのに驚いた。

ホストクラブは上下関係が厳しく、稼ぐ順に地位が決まる。吹雪に言い返してきたこの男はろくに顔を覚えていないから、さして稼いではいないはずだ。そんなホストが、ナンバーワンホストである吹雪に直接意見するなんてあり得ない。

そのことで、さらにイラッとした。

「心当たりがあるだろ。ホストなら、仕事で稼げってことだよ」

オーナーに拾われてからホストとして稼げるようになるまで、ひたすら研鑽《けんさん》を積んできたという自負がある。

ホストなら、客に夢を見させるべきだ。薬物を売買したいのなら、ここを辞めて別の店に行けばいい。

だが、彼らは吹雪の言葉に刺激されたらしい。

「やっぱり、気づいていたんですね」

彼らの気配が変わった。ロッカールームに残っていたのは、下っ端の十人でしかなかったが、彼らは自分たちのロッカーを離れて、吹雪を取り巻く。

ここまで凶悪な気配になったことは、今まで一度もなかった。店に彼らと吹雪しかいないということと、吹雪が酔っ払っているから、舐められているせいもあって、これほど強気に出ているのだろうか。

吹雪はロッカーを背にして彼らに向き直り、低く吐き捨てた。

「気づかないわけあるかよ。あんなに、わざとらしくやり取りしやがって」

彼らがふてぶてしく開き直ったからには、黙っているつもりにはなれなかった。明日にでもオーナーに相談したい。マネージャーは彼らの一味の可能性があったが、オーナーまでグルとは思えない。知らせたら、何らかの処分はなされるだろう。

それだけ言って吹雪はバッグをつかみ、去ろうとした。自分を取り囲んでいる男たちをにらみつけて、一喝する。

「どけ」

吹雪の正面にいた男が気圧されて下がったから、そこから突破しようとした。だが、歩いている途中で不意に足を引っかけられた。大きくふらついた吹雪に背後から腕が回され、羽交い絞めにされる。

「なっ……！」

ふざけるなとばかりに、吹雪は上体をひねって腕を振り払おうとした。喧嘩は滅多《めった》にしないが、弱いほうではないはずだ。だが、複数人がいっせいに吹雪に手を伸ばしてくるから、それに邪魔されて振り払うことができないでいるうちに、別の男に喉に腕を回されてのけぞらされた。

「っぐ！」

息ができない。気管が圧迫されて、苦しさが募っていく。

「飲ませろ」

呼吸を確保しようとして大きく開いた口の中に、何かが押しこまれた。口の中に入ってきた指に噛みつこうとしたが、その寸前に抜ける。その代わりに、口腔《こうこう》内に残された錠剤をガリっと噛み砕くことになった。

「っふ」

反射的にそれはよくないものだとわかって吐き出そうとしたのだが、口をふさがれてかなわないまま、錠剤が口の中で粉砕されて唾液に混じっていく。

「……ぐっ」

彼らは吹雪を殺すつもりはなかったようだ。視界がブラックアウトする前に腕は外れて、吹雪は崩れるように床に膝をつく。そのときには全身から力が抜けていて、ぜいぜいとあえぐことしかできなかった。

吹雪は口から唾液を吐き出し、濡れた口元をスーツの袖でぬぐう。だが、すでに錠剤のほとんどは口からなくなっていた。強引に摂取させられたのだろう。

「てめえら」

低く吐き出す。自分にこんなことをした報いを、どうやって受けてもらおうか考えた。

すでに身体は異変を感じていた。ひどく酩酊したときのように平衡《へいこう》感覚がおかしくなり、立ち上がることもできなくなって、床に倒れ伏していた。

そんなふうになった吹雪を囲んで、彼らが何か言っている。だが、その声はぐわんぐわんと響くばかりで、何一つ聞き取れない。

ついに意識が途切れた。

次に目を覚ましたときには、吹雪は車の中にいた。

——なんだ、……これ。

めまいは先ほどより少しはマシになったが、現在の自分の状況が把握できない。倒れた自分を、彼らは病院に運ぼうとしているのだろうか。店で潰れたホストや客を、吹雪も病院まで送り届けたことが何度かある。

だが、吹雪は今までどんなに飲みすぎても、病院の世話になることはなかった。自分もついに、ヤキが回ったのか。

飲みすぎたときには頭痛と吐き気がセットだったが、なんだか全身がふわふわと浮いているような体感が続いている。こんなのは味わったことがない。

——これは、……もしかして、あの……錠剤のせい、か……？

意識を失う前に口の中に入れられたものを思い出す。あれは店で彼らが流通させている違法ドラッグだろうか。

吹雪が乗せられているのは、後部座席だった。窓にもたれるような形で、車に押しこまれている。

同じ後部座席にもう一人、あとは運転手と助手席にもホストが乗っているようだ。彼らがぼそぼそと話しているのが、ようやく吹雪にも聞き取れるようになってきた。

「前から気に食わなかった。顔がいいからって、図に乗りやがって」

——……ん？　……俺のことかよ？

なんだかわからないまま寝たふりを続けていると、フォローするように誰かが言うのが聞こえた。

「けど、うちのイクミさんよりも、境遇いいってよ。その下に配属されたら、新人でもけっこう稼げるって。客も回してくれるらしいし」

「けどまぁ、配属決まっちゃったら、自分から変えることはできないからなぁ」

イクミに対して彼らは山のように鬱憤《うっぷん》が溜まっているらしく、その愚痴を吹雪はしばらく聞かされることになった。その間も全身がひどくだるくて、指先すら動かす気になれない。うとうとと、何度か眠りの中に引きこまれる。

次に目が覚めたときには、吹雪は彼らに両手両足をつかまれて、荷物のように車から運び出されるところだった。

──何？ 俺、何されてるの？ どこだよ、ここ。

全身が鉛《なまり》のように重くて、ピクリとも動かせない。そんな状態で吹雪は運ばれ、ひんやりとした地面に下ろされた。

背後から抱えこまれて、最初は座る形に置かれたのだが、体勢を保つことができず、ずるずると倒れて、廃棄されたマネキンのように無様に仰向けになる。

それでも寝返りを打つ気力もなく、吹雪は薄く目を開いて横たわっていた。

彼らの会話が届く。

「これでいいか」

「いいんじゃね？」

「いいのか？　こんなことして」

「大丈夫みたいだぜ。オーナーも許してくれたって」

そんな言葉を残して、彼らは吹雪から遠ざかっていく。まさか、この状態で路上に残されるとは思わなかったから、びっくりだ。

声が聞こえなくなってからようやく顔を向けると、彼らが乗った車がターミナルを一周して、そのまま出ていくところだった。

——え？　どういうことだよ、これ。

まともに頭が働かないままだが、吹雪は自分がどこにいるのか確認しようとする。

タクシーが数台、駅前ターミナルらしきところに停まっているのが見える。どうしてこんなところに自分が放置されたのだろうか。

ここまでまともに動けない状態になっているのだから、病院なりどこかに連れていって、手当を頼むのが筋なのではないだろうか。

落ち着かずに視線だけを動かすと、目の端に駅舎の一部や、屋根のついたバス停が見えた。すでに深夜で終電が出た後のようだが、駅前には始発を待つ若者たちが何組か、たむろっているようだ。

吹雪の頭の中で繰り返されていたのは、彼らが言い残した言葉だった。

——オーナーも許してくれたって。……オーナーも許してくれた。……オーナーが、……俺を、……こんなふうに放置することを許した？

オーナーは吹雪をこのホストの世界に引きずりこんだ人物だ。吹雪のことを何かと特別扱いしてくれた。その期待に吹雪は応えようと頑張ってきた。

自分とオーナーとの間には、特別な信頼関係があると思っていた。店に違法ドラッグが出回るのが許せなかったのは、オーナーのためでもあった。

なのに、オーナーが自分にこんなことをすることを許したというのが、信じられなかった。

オーナーは歌舞伎町でホストクラブを三軒、さらに全国に支店を持っている。いつでも忙しくしていて、店に顔を出すのは、月に数回だけだ。だが、月末の成績表彰のたびにナンバーワンを勝ち取った吹雪を褒め称え、特別ボーナスを直接支給してくれる。

——その、……オーナーが、……俺を？

何がなんだかわからない。

一月の路上はひどく寒く、じわじわと冷気がスーツ越しに体温を奪っていった。だが、寒さよりもだるさのほうが強い。もう少し動けるようになったら、近くにある交番に向かって、助けを求めればいい。

駅前ターミナルなら交番があるはずだ。そう思って視線をめぐらせてみたら、そう遠くないところに交番らしき明かりも見えた。

まだ眠くなってくる。あらがいがたく襲いかかる睡魔と、吹雪は必死で戦った。さすがにここで眠ってしまうのはマズい。下手をしたら、凍死もあり得るだろう。

どうして彼らは、自分をこんなところに置き去りにしたのだろう。

その意図が理解できないままだ。

そのとき、吹雪は奇妙な体感に襲われた。全身が総毛立つ感覚とともに、口に苦い唾液があふれてくる。ひどい二日酔いの症状にも似ていたが、どこかが違う。

やはりあのときに口に含まされた錠剤に、麻薬成分が混じっていたのではないだろうか。

——そう、か……！

不意にひらめいた瞬間、恐怖に身体が震えた。

寝転んだまま吹雪はそうっと首を回し、周囲を見回す。ターミナル内にタクシーは何台か停まっていたが、駅舎やその周辺の店は明かりを落としている。

街灯だけがともる薄暗がりの中で、吹雪が再度顔を向けたのは交番だった。

——俺をここに運んだやつらが、……ここの駅前に、……クスリやってるやつがいます、って通報したらどうなる？　警察が様子を見に来て、……俺は捕まる。

背筋がぞわぞわする。

ようやく彼らの意図が理解できた気がした。

彼らは吹雪を警察に突き出すために、この時刻、ここに運んで放置したのだ。この状態で吹雪が警察に保護され、薬物検査をされたら、言い逃れのできない成分が検出されるだろう。そうなったら、厄介なことになる。

そう気づいた瞬間、いてもたってもいられなくて、吹雪はゆっくりと立ち上がった。膝に力が入らなかったから、這《は》いつくばるような無様な姿だ。立ち上がっても姿勢が保持できずに、ひどくふらふらする。

それでも、自分でも驚くぐらいの力が発揮できたのは、捕まりたくないという一心からだ。

そのまま必死になって膝に力を入れて歩き、ターミナルを回りこんで、少しずつ駅前から遠ざかっていく。

そうしてしばらく歩いたコンビニの前で、公衆電話があるのに気づいた。最初はそのまま通り過ぎたが、ハッとしてその前に戻った。

——武石に、……助けを求めよう。

吹雪が唯一覚えているのは、武石の携帯番号だけだ。他はスマートフォンに記憶させているから、それがないとわからない。学生時代に武石に告白しようかどうか迷って、さんざんその携帯番号が表示された画面を眺めていたから、覚えているのだ。彼の番号は学生時代から変わっていない。

だが、ポケットを探っても財布もスマートフォンもなかった。彼らに取り上げられたのだろう。

——どうしよう。……金……。

公衆電話で電話をかけるためには、小銭が必要だ。どこかにないかとポケットを探ったとき、硬いものが指先に当たる。百円玉だ。

どうしてこんなものが入っているのかとしばし考えた後で、思い出した。

店でスクラッチ式のゲームをやって、銀色部分をはがすのに使ったのだ。天の助けだと思いながらその小銭を取り出したときに、吹雪の手は別のものも一緒につかんでいた。

——なんだ、……これ。

小さなビニール袋に入った、黄色の錠剤五錠。

自分で入れた覚えはない。だが、見た瞬間に吹雪はゾッとした。

——薬物だ。俺を駅前で逮捕させるだけじゃなくって、薬物所持、ってことにするための証拠品。

これでは、ますます捕まるわけにはいかない。

恐怖が背中に張りついていた。

「……ここ、……ここだ、武石」

武石に助けを求めた後で、吹雪はコンビニから少し離れたところにある目立たない小さな緑地帯のベンチにへたりこんでいた。

歩いてきた武石が、それに気づいて足を止める。吹雪がひどくぐったりとしているのを見ると、まずは自販機で水を買って手渡してから、車を回してくると言って消えた。すぐそばの路上に停めたのだろうか。

武石の運転する車がほどなく近づいてきて、すうーっと停まった。

「乗れ」

言われて、吹雪はひどくのろのろした動きで助手席に乗りこむ。シートベルトを締め、武石に渡された水を飲んでいると、少しだけ落ち着いてきた。

「どうした、こんな深夜に」

「前に、店で違法ドラッグが出回ってるみたいだと相談しただろ。今日、……それをとがめたら、いきなり羽交い絞めにされて錠剤を飲まされた。……それが回ってるから、しばらくおまえんちで休ませてくれ。俺んちにはやつらが来てるかもしれないし、病院行ったら、通報されて前科つくかもしれないから」

「わかった。クスリというのは、大丈夫なのか？」

「大丈夫」

そう答えたつもりだったが、武石と会って安心したからか、その直後に意識が途切れた。

悪夢を見て飛び起きたとき、全身にぐっしょりと冷たい汗をかいていた。

目に映ったのは、見覚えのない部屋だ。水色の布が張られたパーティションと、白い天井が見える。吹雪は幅の狭いベッドに横たえられていた。

——え？　どこだ、ここ。

学校の保健室のようだ、と思ったのは、そのベッドの狭さに加えて、パーティションの隙間から医療器具が見えたからだ。

「吹雪？　起きたか」

目を覚ましたときに物音を立てていたらしく、すぐにパーティションの向こうから武石の姿が現れた。ベッドの反対側まで回りこんでくる。

車で助けに来てくれたときには服装まで見る余裕はなかったが、彼がいつになくラフな紺色のスウェットの上下なのに気づいた。

こんな姿を見ることは滅多になかっただけに、じっくりと眺めてしまう。

「ここは？」

「病院だ、新宿の。こんな深夜に、どんな客であっても事情を聞かずに診《み》てくれる医者がいる」

そんな病院があるなんて、吹雪は知らなかった。さすがは西新宿署の刑事だ。

武石は吹雪のポケットに入っていた、錠剤入りのビニールを示してきた。

「悪いが、ポケットを探らせてもらった。先生によると、これは新宿で最近、流行っている違法ドラッグだそうだ。混ぜ物が多い粗悪品のようだが、気分はどうだ？」

「気持ち悪い。それに、……悪夢を見た」

「派手な目覚めだったもんな」

「それに、……今でも目が覚めていない感じがする。幻覚みたいなのが、このへんでふよふよしてる」

現実と幻覚が二重写しになっている。ややもすれば、視界でうごめく奇妙な生き物に意識が引きこまれそうだ。

「幻覚？」

「ああ。……なんか、……池の水を顕微鏡で見たようなのが、うごめいてる」

ぎゅっと目を手で覆うと、パーティションをぐいっと押しのけて、年配の白衣姿の医師が姿を現した。

「バッドトリップだな。この手の薬物は習慣になると怖いんだが、最初に嫌な体験をしておけば防げる。君は幸運だ。影響は半日ほど続くかもしれないが、水をたくさん飲んで、できるだけ眠りなさい。悪夢を見たら、そこの彼に起こしてもらうように」

「わかりました」

「では。お大事に」

診察はそれで終わりだそうだ。診察料を武石が払ってくれたので、吹雪は身体を支えられながら武石の車に戻った。吹雪のポケットに入っていた錠剤は、そのまま武石に保管してもらうことにする。この後の捜査に役立ててもらいたい。

深夜だから佐藤刑事には連絡していないそうだが、彼に見せればどこで流通しているものか、目星はつくだろう。

「俺の家でいいか」

運転しながら尋ねられて、吹雪は首を横に振った。

「もう大丈夫。そこらのホテルの前で、降ろしてもらえればいい。おまえんちには、親がいるだろ」

この深夜に、迷惑をかけるのはよくない。武石の父親が殉職してから、母親と二人暮らしのはずだ。

だが、武石は軽く笑った。

「いや。母親は再婚して、家を出てる。今は一人暮らし」

「そうなんだ？」

「だから、うち行こうか」

武石の家は、世田谷《せたがや》にある古い一軒家だ。吹雪が家族と住んでいたアパートは駅を挟んで反対側にあったが、そこはもう引き払っている。

自分の新宿のマンションには、今は帰りたくなかった。吹雪を罠《わな》にかけたホストたちが、待ち受けている可能性もある。何をされるかわからない。とにかく摂取させられた薬物が抜けるまで、安全な場所でやり過ごしたい。

武石の家に向かう間も、嫌な感じの汗がじわじわとにじみ出してきた。

普段は忘れている、嫌な記憶ばかり呼び起こされる。幼い日、庭で大きな蜘蛛《くも》が潰れていて、強い日差しの下でそれに無数の虫がたかっていた光景だとか、小学校時代にプールでいきなり足がつって、溺れそうになったこと。そのときの窒息しそうな記憶や、その後でびっくりするほど水を吐いたときの喉の痛みが鮮明によみがえってくる。

さらには武石のことが忘れられなくて、彼に似た男に抱かれたこともあった。そのときの死にたくなるような自己嫌悪だとか、ホストになって日も浅いとき、客に失礼なことを言ってしまって、床に頭を擦りつけて詫びたときの絶望感など、今、起きていることのようによみがえってきた。

――なんだ、これ。

それと同時に、苦い唾が次から次へと湧き上がってくる。それどころか、自分の舌の上で何かがうごめいている体感まであった。だけど、これは現実の感覚ではないはずだ。無数の虫が口腔内からあふれ出しそうな感覚があるのは幻覚にすぎないと必死で自分に言い聞かせてみたものの、武石の家に到着するなり、トイレに駆けこんで、吐かずにはいられなかった。

苦い胃液が喉を灼いた。

苦しくて気分が悪く、だるくて動けなくなる。

吹雪がふらつきながらトイレから出ると、武石が言った。

「大丈夫か？　和室に、布団敷いといたから」

「あり、がと……う」

トイレの一番近い部屋に、布団が敷かれていた。なかなか動けないでいると、移動するのに武石が肩を貸してくれた。

彼の硬い筋肉や、腕の感触が気持ちいい。好きな男と触れ合っているときだけは、ひどい悪夢からすくい上げられる。それでも自分が彼に依存するのが怖くて、吹雪は声を押し出した。

「悪い。おまえ、明日仕事だろ。先に寝てていいから」

「いや、明日は遅番だから、出勤するのは昼過ぎ」

その言葉に救われる。

布団に横たえられたが、ここで一人にされたら、どこまで悪夢に引きずられるかわからなかった。こんな状態では武石が唯一の助けだ。

だから、もう少しだけ甘えることにする。

「待て。……添い寝して。俺が悪夢を見たら、起こして」

医師も、そんなふうにしろと言っていたはずだ。

「そんなにひどいのか？」

武石が布団に横たわった吹雪の顔をのぞきこんでくる。

洗面所で顔を見たとき、自分でも驚くほど土気色だった。冷や汗もずっと止まらずにいる。

タオルで、武石は吹雪の汗を拭《ふ》いてくれた。

「最悪だ。このままでは、悪夢に押しつぶされて死ぬ。俺、クスリは体質に合わないのかも」

「そのほうがいいと、先生も言ってたな」

武石は吹雪の願いを聞き入れてくれて、気安く布団をめくって入りこんできた。吹雪のほうを向き、掛け布団の上からそっと腕を回してくる。

そんなふうに抱き締められてようやく、吹雪は深く息をすることができた。だけど、すぐそばにある武石の身体が別の意味で気になってくる。この悪夢のときをやり過ごすもう一つの方法を、自分は知っている。

ダメ元で声を押し出した。

「添い寝に誘ったけど、本当に添い寝をするつもり？」

その声は自分でも驚くほどかすれていて、吹雪は慌てて咳払いした。

前回、武石が後悔している姿を見て、吹雪まで落ちこんだ。だけど、セックスをして互いに快感を得たのは事実だ。こうして身体を近づけていると、そのときの記憶が吹雪をそそのかす。武石にとっても、そうであればいい。

だから、かすれた声でさらに誘った。

「悪夢を、忘れさせて欲しいんだけど」

顔から火が出そうだ。強すぎる羞恥が、悪夢を凌駕する。今だけは、気分の悪さも忘れていられた。

「何をすればいい？」

断られることも覚悟していたのに、そんなふうに返されて吹雪はぎゅっと目を閉じた。

もはや武石の身体の重みを全身で感じることしか、考えられない。肝心なところで間違えないように、必死に考えながらねだった。

「……何も、……考えられないようにして欲しい。悪夢に、……押しつぶされそうなんだ」

これで抱いてくれという意味だと通じるだろうか。前回は通じたはずだ。だから、あえて同じような言葉を使ってみる。その後の武石の後悔した姿が、脳裏にちらついた。

また自分は彼を後悔させるつもりなのか。苦しさに息が詰まる。

その言葉を受けて、武石の身体が動いた。布団の上から強く抱き締められ、その圧迫感が苦しくも愛おしい。武石にこの提案を受け入れてもらえるか、それとも拒絶されるかと怯えていたとき、布団が外されて荒々しく衣服をはぎ取られた。

スーツの上着はすでに脱いでおり、診察のときにネクタイもアクセサリーごと外されている。脱ぐものはそう多くない。

「いいのか」

脱がされている最中、武石にそう聞かれた。吹雪はどうして武石が誘いに乗ってくれたのか懸命に考えながら、答えが見つけられずにうなずいた。

「いい」

ワイシャツをはぎ取られた後で、スラックスを脱がされて下着まで下ろされていく。このような自分の身体に、武石は欲望を煽られてくれるのだろうか。

「どれもブランドものばっかだな」

今回の武石には、そんなことまで気が回るほど、余裕があるようだ。そのことに少しホッとして、吹雪は笑った。

「そうだよ。全部、貰い物。スーツも、シャツもベルトも、……下着まで、客が買ってくれる」

上から下まで、自分好みに吹雪を装わせたい客が何人もいるのだ。

「ああ、だけど俺。おまえの匂い、好き」

頭がよれよれだったから、武石をいい気分にさせたくて意味不明なことを口走ってしまう。それによって武石が、少し嬉しそうな顔をしてくれるのが嬉しい。

——武石に、こんなふうに触れられて幸せ。

気がはやるのか、武石の手が伸びてきたのは、足の間だった。

足を抱えこまれ、前回、武石の大きなものを受け入れたところを指でなぞられる。乾いたままの指を押しこまれそうになって、吹雪は慌てた。

「待て」

「ん?」

「濡らしてくれ。嫌ってほど」

「……わかった。何を使えばいい?　おまえの家にあったものは、ここにはない。他のクリームでもいいか」

吹雪はうなずいた。

「刺激が強くなければ、大丈夫」

そんなふうに言うと、武石はクリームを探すために部屋を出ていく。本気で自分とするつもりなんだと思うと、吹雪は全裸で布団に仰向けに寝転んだまま、両手を祈る形に組んでドキドキした。

——いいのかな。

こんなふうに、武石と再び関係を結べるとは思っていなかった。あの日見た、後悔した姿は何だったのだろうか。

——してから後悔するけど、ひとときの欲望に流されるタイプなのか？

問いただしたくもあったが、武石の本心を知るのは怖くもあった。

武石が何を考えているのかわからないから、薄氷を踏むような気分が消えない。武石の気が変わらないうちに、勢いでことを運ぶ必要がある。

そんなふうに考えていると、武石がクリームを持って戻ってきた。

これで大丈夫かどうか確認される。刺激が弱いタイプだから、大丈夫そうだ。

「じゃあ、始めるか」

そんな言葉がかけられた後で、武石が吹雪の足の間に陣取った。指にクリームをたっぷりすくいとると、塗りこんでくる。そこをぬめぬめにしようと、指が入ってきた。

「ッん！」

押しこまれた指の圧迫感に、息を呑む。

武石と関係を持ってから、後孔の快感が忘れられず、自慰のときにはそこをいじるようになっていた。それもあってか、前回よりすんなりと受け入れられたようだ。

「ッぁ、……ん、ん……っ」

だが、武石の指の動きは吹雪が予想していたよりも性急だ。もしかして武石もこのようなことをすることを思い描いていたのだろうか。指の動きが強いせいで、襞と指が擦れ合う感触が強烈で、どうやったら力を抜けるのかわからなくなる。

「痛いか」

尋ねられ、否定すると止められそうで首を横に振った。

「だい……じょうぶ……っ。だけど、もう……少し、……ゆっ、……くり」

武石の指は太くてごつごつしているから、そのいちいちが身体に響く。吹雪の言葉にハッとしたのか、武石の指は一回ごとに抜き取られ、クリームをからめて戻ってくるようになった。指の腹で襞をなぞられながら、道をつけられていくのがたまらない。

武石の指を締めつけるたびに、ぞくぞくと震えずにはいられなかった。武石の指がもたらす快感に、吹雪は溺れていく。

「ン……。……きもち……い……」

夢見心地でつぶやいた。

武石の指の感触を、永遠に身体に刻みこんでおきたい。

自分だけではなく、武石にも快さを感じさせてやりたい。その思いが爆発して我慢できなくなった吹雪は、武石の身体にのしかかるようにして上下を替えた。

「指、入れっぱなしにして」

さらに、頭と足の位置を入れ替えて、仰向けに横たわった武石の肩を両足でまたぐ。そうすると、吹雪の頭の前には武石の性器が、武石の顔の前には吹雪の性器がある形になる。

吹雪は武石のスウェットの中から、その逞しいものを大切に両手で引っ張り出した。手で形をなぞっただけで、武石のものがどくどくと脈打ちながら大きくなる。

——嬉しい……。

自分とすることに武石が興奮しているのが伝わってきて、ホッとした。武石を感じさせたくて、その先端に口づける。

それがあっという間に硬くなると、口の中に含んだ。

「ふ、……っんふ、ふ……」

頭を動かすたびに、武石のものが硬く大きくなっていくのが愛おしい。含めなくなるほどの大きさにますます煽られる。

だが、口淫だけに集中できなかったのは、武石の指が吹雪の中で動き始めたからだ。クリームが体温に溶けて、すべりを増していく。指は襞をほぐすように、ぐるぐると動き続けた。指と襞が擦れる感触が気持ちよすぎて、自然とそれに合わせて腰が揺れる。

「ん、ぐ、ん、ん……っ…、はぁ、……ぐ」

それを受け止めながら、吹雪は夢中になって武石のものをしゃぶっていた。

どんどん凶悪な形に育っていく武石のものに、唾液があふれた。早くこの硬いものを、身体にぶちこまれたい。そんな欲望ばかりが頭を支配する。

唇や口腔内で懸命にしごく合間に、先端の割れ目を舐め回す。中に指が三本入ってくるきつさにうめきながらもしゃぶり続けた挙げ句、指を引き抜かれた。

「吹雪。……もう、……我慢できない」

その声の切羽詰まった感じに、胸がキュンとした。その願いをかなえてあげたいとしか考えられない。

だが、武石のものは人並み外れて大きいから、それを受け入れるにはまだまだ自分のほうの準備が足りていない。それでも、たぶんどうにかなると腹をくくった。

「今回は俺にリードさせて」

そう言ってみる。

吹雪が上になれば、挿入の角度やスピードなどに気を配れるはずだ。

武石がうなずいたので、顔が見えるように向かい合ってその腰を両足でまたいだ。彼の性器を軽く握り、自分のそこに合わせる。

それから、息を吐きながら、ゆっくりと腰を下ろしていく。

「……っ」

だが、指とは比較にならない大きさでぐっと括約筋を押し広げられて、吹雪は思わず固まった。先端部分を受け入れるのが、一番大変だ。

だからこそ、まずはひたすら身体の力を抜いて、思いきって体重をかけた。極限まで押し広げられた後で、ぬるんと先端が入ってくる。

「あっ！」

さらに体重をかけると、自分の狭い部分を内側から圧迫しながらその先端が奥まで移動していくのがわかった。

「っぁ、……あ、……っあ……」

中が武石のものでいっぱいにされていくさまが、頭の中で思い描ける。

「つらい？」

聞かれて首を横に振ったが、苦戦しているのは武石にもわかるのだろう。

半端に呑みこんだまま、息を整えようとしていると、武石の手が胸元に伸びた。そこにある小さな突起を親指の腹で両方ともなぞられる。今日はまともに触れられていなかっただけに、そうされるだけでも感じた。

プツンと尖ったそこを指の腹で押しつぶされたり、引っ張られたりすると襞が複雑にうごめいて、武石のものにからみつく。

「……んっ」

武石の太い指の下で育っていた乳首をくりくりと転がされていると、じんじんと武石とつながっているところがうずいた。

乳首をいじられるたびに中の力が抜けて、少しずつ腰が落ちていく。さらに乳首をいじられながら、少しずつその杭《くい》に身体を貫かせていく。

乳首を両方とも指先で絶え間なくいじられることで、気づけば武石の腰にべったりと体重をかけて座りこんでいた。隙間なく根本まで受け入れている。

呼吸するたびに、体内の杭に熱い襞がからみついた。その淫らな動きに我慢できなくなったのか、武石が逞しい腕で吹雪の腰骨をつかみ、ゆっくりと下から腰を繰り出してくる。

「んっ！」

ぐさりと突き刺さる楔《くさび》の衝撃に、うめくような声が漏れる。

自分から動くつもりはなくとも、武石に腰をつかまれて少し浮かされ、下から突き上げられると、その挿入感がすごい。

武石の動きは最初のうちは大きなものではなかったが、他人の上でバランスを取らなければならない状況も加わって、中がきつく締まっていく。

それでも、武石の筋力は驚異的だった。体重を感じていないかのように上に放り上げられて、楔の上に落とされる。

奥の奥まで集中的に自分の体重とともにえぐられる形となって、その衝撃がやたらと響く。

「んぐっ！」

腰が落ちるときに、待ち構えていた武石のものに一気に突き刺されるのがたまらない。まだ開ききっていない吹雪の身体に、その責めは少しつらいぐらいだったが、気持ちよさのほうが勝っていた。

「っんぁ、……ぁ……っ」

荒々しく入りこんでくる武石のものが、容赦なく襞をえぐり上げる。そのごつごつとした形を、身体の一番柔らかなところで受け入れる快感ときたらない。

「っぁ、……っんぁ、……ぁ、あ……っ」

打ちこまれるたびに、武石のそれがますます硬度を増していく。

いつになく深いところまでぐっと突き上げられたかと思いきや、次の瞬間には引き抜かれた。それを上手に受け入れられるように、吹雪は自分から大きく足を開いて備えた。

少しずつ、吹雪のほうも動き始めている。

「っんぁ！」

武石のほうから、こんな自分の姿はどのように見えるのだろう。だけど、余計なことを考えている余裕はなかった。次々と深くまで叩きこまれては引き抜かれる。

武石の動きは疲れを知らないようだった。聞こえるのは、下肢から漏れる濡れた淫らな音と、乱れきった吹雪の息遣いだ。それに混じる武石の短い息が色っぽくて、必死で耳をすませて、聞き逃すまいとしている。

獰猛な突き上げから逃れるすべはなく、荒馬に乗ってしまったかのように吹雪は際限なく揺さぶられるしかない。

「ん、んっ、んっ」

激しい突き上げを受け止めるにつれて、どんどん襞が柔らかくなっていった。

たっぷり塗りこまれたクリームのためか、腰が上下するたびに武石のものがスムーズに深い部分まで突き刺さるのがたまらない。その一瞬に粘膜から流しこまれる強烈な感触に、脳が痺れた。

その動きに合わせて、腰を振るのがやっとだった。

どうにか吹雪の動きが追いついてきたころ、腰を支えていた武石の指が胸元に移動した。大きく指を広げ、その指の間で乳首をきゅっと摘み出される。その指にもクリームがついていたせいか、身体が上下するのに合わせて、挟まれた乳首が抜け落ちては摘みなおされる。

熱くなった身体には、それもたまらないスパイスとなった。

腰の奥でマグマがうずまいていた。気持ちよさを感じ取るたびに、太腿や中に痙攣が走る。勝手に身体が武石の大きなものを締めつけ、中に硬いものがあることを思い知らされた。

「つぁ、……武石、……きもち……い……っ」

「俺もだ」

ますます武石の動きが、スピードを増していく。

好きな相手と快感をともに紡《つむ》ぐほど、幸せなことはなかった。だが、こんなにも深くまでつながり合っているのに、武石の気持ちが見えないのがもどかしい。

どうして自分とのセックスに応じてくれるのだろうか。また明日の朝、武石の後悔した姿を見せられるはめになるのか。

だけど、明日のことまで考えられないほど、味わっている快感は圧倒的だった。

今はただこれに、どっぷりとつかることしか考えられない。快感で腰がどろどろに溶けていくのを感じながら、武石により刺激を与えたくて、ぐっと太腿に力をこめて腰を落としていく。

「っふ」

その途端、武石が気持ちよさそうな顔をしたのが嬉しくて、きつく締めつけた。

——大きい。

ことさら、そのことを感じ取る。

いつになく存在感を増したガチガチの切っ先で、溶けた襞を乱暴にえぐられるのがたまらなかった。

腰がガクガクしてきてまともに動けなくなると、武石は吹雪の中に深くまで押しこんだまま、一番深い部分をかき回すように腰を使った。そこにひどく感じるところがあった。

武石の上にまたがったまま、その気持ちいいところに当たるように腰を振っていた。

「あ、……もう、……イク……」

耐えきれずに口走ると、思わぬ答えが返ってきた。

「ダメだ。……まだ、……イクな」

そんな言葉が、限界近くまで押し上げられていた吹雪の身体に緊張をもたらす。

どうして『まだ』なのか、わからない。

その言葉の意味を確認する余裕もなく揺さぶられていたが、武石の頼みを聞き入れたいという意思はわずかに残っていた。

吹雪はのけぞりながらも身体に力をこめ、その瞬間がくるのを引き延ばそうとする。

だけど、そのタイミングで乳首をきゅっと両方とも摘み出された。

「っぁ、……あ、……ダメ、そこ、……触る……な……っ」

必死に訴えた。動かれるたびに乳首から快感が広がり、武石とつながった部分がひくり

ひくりとうごめく。

だが、答えの代わりに与えられたのは、さらにぎゅっと乳首をねじられて、強く引っ張られることだった。

「っん、んっ！」

そんな刺激には逆らえない。乳首からの快感が身体の芯まで届き、尿道で痛みに似た快感が爆発する。一気にこみ上げてきた絶頂感をやり過ごすすべはなく、ガクガクと腰を揺らしながら達していた。

腰が跳ね、渾身の力で締めつけながら、射精した。襞に嫌というほど武石の形が刻みこまれる。

なかなか絶頂感が収まらず、わずかな刺激にもひくっと大きく襞への痙攣が走る。そんな吹雪を、武石が布団に押し倒した。

体勢が変わることで、入れっぱなしの武石のものが容赦なく襞をえぐる。まだ続けるつもりなのか、大きく足を抱えこまれた。はめなおされた武石の変わらぬ逞しさに吹雪はうめくしかない。

そんな吹雪をのぞきこみながら、武石がどこか恨めしそうに言った。

「まだ、って言ったのに」

「……え？　だ、けど……っ」

あんなふうにされたら、長くもつものではない。だけど、自分と一緒に達したかったのだろうか。そんな武石を可愛く思う。

まだ息も整っていない吹雪に、武石は畳みかけた。

「イクまで、付き合ってくれ」

そんな言葉とともに、激しい動きが再開される。

達したばかりで刺激に弱い襞は、叩きつけられるたびに今までに勝るほどの快感を送りこんできた。

自分で動かずとも、絶頂寸前まで張り詰めた武石の大きなものが容赦なく襞をえぐり上げる。それによって強制的に送りこまれてくる快感がすごすぎて、早くもまた絶頂に押し上げられそうになった。

「っあ、あ、あっ」

それほどまでに襞は敏感になったままだ。うごめきながら、さらなる快感を得ようと、武石のものを貪欲に締めつける。

「っん、ん、……また、……イっちゃ……っ」

「イっていい」

武石の声と、一番奥までえぐってくる動きに押し上げられて、吹雪は再び達した。

太腿が勝手な痙攣を繰り返し、開きっぱなしになった口からどろりと唾液があふれる。

だがいくら達しても、武石は動きを止めてくれない。

「っぁっ、あ、あ、……っぁ、あ」

軽く刺激されるだけで絶頂に達するほど、身体が敏感な状態に陥っていた。

容赦なく硬いもので突き上げられて、快感がさらに蓄積されていく。えぐられるたびに身体がのけぞり、襞に痙攣が走り、頭が真っ白になる。これほどまでの快感があるとは知らなかった。

「っぁ、……ダメ、……もう、……ダメ……っ」

うわごとのように口走っているのに、武石の動きは止まらない。吹雪の足を抱えこんだまま、疲れを知らない動きで身体の一番柔らかいところを穿《うが》ち続ける。

「んぁっ！」

また絶頂に達しそうになって、重苦しい痺れが駆け抜けていく。

どれくらい、そんな時間が続いたのかわからない。

最後は気絶するように、意識を手放していた。


目が覚めたとき、吹雪は疲れきっていた。とてもハードな肉体労働をした翌日のように、全身が重い。朝方までからみ合っていたことを思えば、当然かもしれない。

寝かされていたのは、武石の家の一階の和室だ。

身体は重いが、頭痛や吐き気などは消えていた。強制的に口に入れられた錠剤の成分は、抜けているようだ。

だが、吹雪よりももっと動いていたはずの武石はどうしているのだろうか。しばらく気配を探ってみたが、木造二階建ての古い建物の中から、それらしき物音は聞こえてこない。

ようやく重い身体を起こしたとき、枕元にメモが置かれているのに気づいた。

『仕事に行く。出るときには、施錠を。鍵は予備のを持っていくから、鍵は持ったままでいいし、そのままいてくれてもいい。何かあったら、連絡を』

家の鍵らしきものがついたキーホルダーの横に、一万円札も置かれていた。携帯と財布もない、と口走っていたのを、覚えていてくれたのだろう。

キーホルダーに木彫りの小さな熊がついているのが、ひどく可愛かった。その形を指でなぞりながら、吹雪は深く息を吐き出す。

——あーあ……。仕事行っちゃったのか。

武石と朝方になるまで、していた記憶がある。おかげでバッドトリップから逃れられたが、武石にとってあれはどんな意味を持つのだろうか。

——俺を助けるため？　それとも、……少しは気持ちがある？

親切心からなのか、それとも吹雪に対する恋愛感情が少しはあるのか、単に性欲に流されただけなのか、まるでわからない。

だが、一度ならず二度経験したことで、武石が男とセックスできる人間だと確認できた。ならば身体だけの関係でいいから、今後も関係を続けたいとねだってみようか。

——うーん……。でもそれで、軽い人間だと思われるのもな。

武石の前では、格好をつけたい。できるだけその目に、好ましい人間として映っておきたい。二度もセックスしたことで、どれだけ自分のろくでもなさが露呈してしまったかわからないのに、そんなふうに願ってしまう浅ましさに吹雪は苦笑するしかない。

——ええと、……これから、どうすれば。

昨日、ホストクラブで強引に薬物を飲まされ、駅前に放置された。今日、何事もなかったかのように出勤したらどうなるだろう。吹雪を陥れようとしたホストたちは、また何か仕掛けてくるかもしれない。それに、何より引っかかる言葉があった。

——オーナーも許してくれたし、だ。オーナーはこの件にどこまで関与しているんだ？

考えていたとき、家の電話が鳴った。武石の家のものだから、自分宛とは思えなかった。そのまま無視を決めこんでいると、留守電に切り替わった後で声が聞こえてくる。

『吹雪。いたら、この電話に出てくれ』

——武石だ！

慌てて受話器を取ると、武石の声が響いた。

『おはよう。どうしてる?』

「どうって、……まだ、ぼーっとしてる」

武石の声を聞いただけで、くすぐったさが全身に詰めこまれる。先に出勤してしまったのを気にして、わざわざかけてくれたのだろうか。

そんなふうに思ったが、そう甘いものではないようだ。

『できれば、この後、署に寄ってくれ。昨日の件で、佐藤刑事も交えて話し合いたい。置いておいた一万円を、タクシー代に使ってくれれば』

「え?　ああ、そうだな」

ようやく目が覚めた気がする。セックス翌日の朝の睦言《むつごと》とか、そんな場合ではないのだ。

『強引に薬物を摂取させられたのはかなり問題だと思う。このままだとおまえ、また狙われるぞ。仕事は休め』

その言葉にぞっとした。店に出れば、吹雪の配下のホストもいる。彼らが守ってくれるとは思うが、彼らに事情を明かすわけにはいかない。

「わかった。シャワー借りていい?　浴びてから、行くわ」

『待ってる』

電話は切れた。

吹雪は立ち上がってシャワーを浴び、武石からの一万円をありがたく借りて、武石家を出た。

西新宿署に到着したのは、午後二時を少し過ぎた時刻だった。

電話で話してから少し時間が空いたからか、呼び出してもらった武石は、吹雪を見るなりあからさまにホッとした顔をした。

「遅かったな」

「身だしなみに時間がかかって」

「そうか」

武石に家の鍵を返す。それから会議室のようなところに案内された。

武石が内線で呼ぶと、すぐに佐藤刑事がやってくる。他にもスーツ姿の男が三人やってきて、席に座る。

吹雪は武石たちよりも少し偉そうな男たちの前で、そもそもの発端から昨日の件について、あらためてもう一度話をさせられることになった。

その話の最中に、武石がテーブルに透明な証拠袋を置いた。その中には、昨日、吹雪のポケットに入っていた、ビニール袋に入ったままの錠剤が収まっている。

吹雪の話が済むと、武石が口を挟んだ。

「昨日、彼が使われたのがこの薬物のようです」

「これって、何だったの？」

吹雪が尋ねると、代わりに答えたのは佐藤刑事だった。

「これは歌舞伎町で、今、一番多く出回っているタイプだ。おそらく、扶洋組《ふようぐみ》っていうヤクザが元締めになっているもののようだが、これまでしっぽをつかませなくてな。今回の件で、つながりが見えるようにしたい。扶洋組とつながっていそうな店の関係者に、心当たりはないか？」

吹雪は自分を陥れようとしたホストたちの顔を一人ずつ思い浮かべてみた。素行が悪いタイプはいたが、暴力団とのつながりまでは知らない。だから、思いきって言ってみた。

「ホストよりも、気になる店の関係者がいる」

「ん？」

首を傾げた佐藤刑事に、吹雪は説明した。

どうやらマネージャーが関与しているようなことは前に話した。それに加えて、吹雪を駅前のターミナルに放置していったとき、やつらが言い残していった言葉を伝えたのだ。

『オーナーも許してくれたしな』という言葉を。

すると、佐藤刑事が乗り出した。

「オーナーもグルってことか？」

吹雪はためらいながら、うなずいた。

「俺、今まで、せいぜいマネージャーまでがグルだと思ってたんだけど、マネージャーはオーナーの忠実な子分だって、聞いたことがある。オーナーが関与してたら、うちの店だけじゃなくって、他の系列店でも薬物が出回っている可能性があるかもしれない」

「ああ。……君のところの店のケツモチは扶洋組だから、可能性は大いにあるな」

——ケツモチが扶洋組？

初耳だった。

水商売では何かトラブルがあったときのために、暴力団を後援につけ、暴力団はその礼としてみかじめ料を受け取る。だが、最近ではそのような暴力団との結びつきを、断ち切ろうとする警察の動きがある。

それもあって、暴力団とのつながりは従業員には見えにくくなっていたから、吹雪は自分の店が扶洋組とつながっていたとは知らなかった。

「今日、店には出たいんですけど。せめてロッカールームに寄って、スマホと財布を回収したい」

スマートフォンがないと、いろいろ不便だ。それに、カードも悪用されないか、心配になる。

だが、佐藤刑事は軽く指を組んで、落ち着いた口調で言ってきた。

「オーナーがグルだとしたら、店全体が危険だ。出勤するのはやめにして、しばらく我々に任せてもらえないか」

そうしようかとも思ったが、ムラムラと反発する気持ちがこみ上げてくる。自分にあんなことをして警察に逮捕させようとしたやつらを、そのままにしておけない。吹雪は鼻っ柱が強いから、負けを負けのままにしておきたくはなかった。

警察に任せるよりも、自分が関与したほうが、この件は手っ取り早く片付くはずだ。

「嫌だね」

まずはそう言って、居並ぶ警察のメンバーをねめつけた。

今日初めて会った三人のうちの一人は、西新宿署の署長なのかもしれない。制服にやたらとごちゃごちゃついていたし、それだけの貫禄《かんろく》がある。それでも、引くつもりはなかった。ここで止められたら、警察の関与をすべて断って、単独でも動いてみせる。

「わかった」

答えたのは、佐藤刑事ではなくて武石だった。ここにいるメンバーの中では、たぶん武石が一番の下っ端だ。その武石が勝手に意思決定を下したことに他のメンバーはとがめるような顔を向けたが、武石は意に介していないようだ。

武石は吹雪だけ見て、言葉を継ぐ。

「おまえが一度決めたら、動かないのはわかっている。安全を確保しつつ、協力を頼む」

武石がそこまで言ってくれたことで、吹雪の腹は決まった。共犯者のように微笑みながら、提案してみる。

「だったら、オーナーが関与しているのか確かめるために、一芝居打ちたいんだけど」

「何をするつもりだ」

かすかに緊張が感じられる声で、武石に尋ねられる。

自分を信頼してくれた武石に、それなりの実績をあげさせてやりたい。

吹雪はしたたかに笑ってみせた。

「おまえがサポートしてくれ。一回しか使えない方法、だからな」


打ち合わせを終えた後で、吹雪が電話をした相手はオーナーだった。

深刻そうな声で、訴える。

「ええ。……そうなんです。前々から、フロアで妙なものが出回っているな、と思ってたんですけど。そしたら、イクミのところのメンバーが持っているのを見てしまって。……それをとがめたら、強引にそのクスリを飲まされて駅前に捨てられて、あと少しで警察に捕まるところでした」

吹雪が奪われたスマートフォンはまだ見つかっていなかったが、ないと不便だった。急いで新品を買い求めてクラウドでバックアップしていたデータを同期したら、オーナーの携帯番号もそれでわかるようになった。

オーナーがグルだとしたら、昨日のことも詳しく報告されているはずだ。だから、彼らの報告と食い違うことがないように、吹雪は自分が体験した事実を語っていく。

だが、オーナーは心底驚いている声を出した。

『警察には、……そうか、見つかることなく、無事に逃げられたのか。よかった。本当によかった』

さすがに、それには引っかかる。

「本当によかったと思ってます？」

『ああ。君が逮捕されるようなことになったら、店にとって大損害だからね』

「えー」

『冗談だよ。しかし、君が無事だったのは、本当によかった』

心をこめたような声で言われると、吹雪はうっかりオーナーを信じたくなる。ずっと吹雪を贔屓《ひいき》にして、一人前のホストに育ててくれた恩人だ。だが、今は無条件に信じられない。警戒が声ににじまないようにして、続けた。

「警察に保護されてたら、検査でクスリが検出されて、今ごろ、逮捕されてたと思います。こんなふうに、あなたにのんきに電話をしていられなかったかも。……で、話はここからで。俺、その後で深夜、ふらふらになって店に戻ったんです。合い鍵持ってるから」

話しながら、吹雪は相手の気配を探る。

あの日、吹雪は店に戻っていないから、そこが無人だったかは知らない。嘘がバレないかとヒヤヒヤする。

『そうだな』

オーナーの相槌を聞いて、吹雪はスマートフォンを握りしめた手に力をこめた。

芝居を打つのはこれからだ。

「やつらに陥れられたのが悔しかったんで、証拠をつかみたくて、イクミエリアのロッカーを探ったんですよ。そしたら、大量の、黄色い錠剤が見つかって。……すごい量です。どうします？　警察に通報したほうがいいでしょうか？　とりあえず、あなたにまず相談しようと」

『大量のクスリというのは、どれくらいの量だ？』

オーナーの声が切迫した。

オーナーがこの件の黒幕だとしたら、彼らには定期的に必要な量だけ錠剤が渡されているはずだ。佐藤刑事が教えてくれた。

売り子には、大量に薬物を渡さないのがセオリーだそうだ。必要以上の量を渡すと、売り子自身の薬物の濫用や、持ち逃げにつながるからだ。

だから、大量の錠剤がロッカーに隠されていたと伝えたら、オーナーはうろたえ、その品はどこから来たのかと考え始めるはずだ、と。

『どれくらいの量だ？』

答えないうちに質問を重ねられ、吹雪はごくりと息を呑んだ。

「ええと、……けっこうな量あったかな。ロッカーの、靴が入るところに入りきらなくて、仕切りの鉄板外されるぐらい。百錠どころか、千錠？」

『それは、全部同じ錠剤か？　黄色くて刻印が入っている？』

――おいおい。焦りすぎだぜ、オーナー。

吹雪は思わず無言で口元を緩めた。錠剤の色や刻印まで知っているということは、オーナーが以前からこの件について知っていたと裏付けることとなる。

この電話を傍聴している武石と佐藤刑事にちらりと視線を向けると、器具の前でヘッドホンをしていた彼らは、大きくうなずいた。

吹雪はオーナーが口をすべらせたことに気づかないふりをして、そのまま続けた。

「そう。全部、同じやつ。黄色い錠剤。やっぱり、警察に行ったほうがいいかな。もうじき、店、始まるけど」

今は、開店一時間前だ。すでに下っ端のホストが店で開店準備をしている時刻だ。

吹雪のようなトップホストは、店の朝礼が始まる開店五分前までに到着すればいいことになっていた。まだ出勤までには時間がある。

『いや。警察には連絡せず、私の指示に従ってくれ。後ほど連絡する。君は今、どこにいる？』

「どこって、まだ自宅です」

『じゃあ、連絡する』

オーナーに性急に電話を切られた。大量の錠剤がある、と伝えたときから、オーナーは急にそわそわとし出したように吹雪には感じられた。

吹雪はスマートフォンを耳から離して、ふう、とため息をついた。視線の先で、武石と佐藤刑事が頭からヘッドホンを外しているのが見えた。

「これで大丈夫ですかね？」

吹雪が言うと、佐藤刑事から返事が戻ってくる。

「バッチリ！　これから、打ち合わせ通りに」

佐藤刑事と武石が、吹雪を連れて向かったのは、署の駐車場だった。そこに、黒のバンが停まっている。この覆面パトカーに乗って、オーナーの移動先に先回りする手はずだ。すでにオーナーの家の周囲に、捜査員を忍ばせているそうだ。オーナーがどこに向かおうとも、彼らがそれを追って、現在地を捕捉する。

オーナーがこの事件の黒幕かどうか確認するために、こんな罠を仕掛けた。

麻薬の売人や黒幕は、薬物を自宅には置かないそうだ。家宅捜索されて見つかったら、アウトだからだ。だから、自宅ではない別の場所に隠しておくケースがほとんどだ。それを利用することにした。

その場所は、いつでも手の届く身近な場所であることが多い。常に確認できる場所に置くことで彼らは安心し、頻繁に通って少しずつそこから取り出す。

オーナーがどこに薬物を隠しているのか突き止めるのが、この作戦の主眼だった。

こんな電話を受けたら、オーナーはまず隠し場所に赴き、自分の錠剤が盗み出されていないか、確認せずにはいられないだろう。

ホストクラブに吹雪が言った通りの大量の錠剤があることも確認したいだろうが、何せ店はもうじき開店して、大勢のホストがひしめく。その前に隠し場所に赴くに違いない。

――オーナーがグルだったら、……店はたたむことになるのかな。

そう思うと、寂しい。客が定着し、吹雪めあてに通ってくれるようになるまで、かなりの時間と気力を注ぎこんできたからだ。店を移ることになったら、また一からやりなおすことになる。

吹雪なら他の店でも働けるだろうが、人間関係を一から構築しなおすのが面倒だった。

――ま、しょうがないか。

吹雪を乗せてバンは発車し、歌舞伎町にあるホストクラブの入った雑居ビルのそばで待機することにする。オーナーが店に来る可能性が高いからだ。

無線で、次々と捜査員からの報告が入ってきた。

オーナーはマンションを自家用車で出たそうだ。オーナーの住まいから、このホストクラブまではそう遠くはない。

オーナーの移動は、ほとんどが車だった。高級車を、歌舞伎町の一角にある駐車場に駐める。いつもオーナーが使っている駐車場のことを告げると、武石がそこは扶洋組の事務所の入ったビルの真ん前だと教えてくれた。

「へ？　そうなの？」

「ああ。みかじめ料を払っている店のオーナーは、その駐車場に駐めることを許されてる。扶洋組が傷ひとつつかないように、見張ってくれるからな」

扶洋組とオーナーとの新たな結びつきを知ったことで、吹雪はゾッとした。

――やっぱり、オーナーはクロなんだろうか。

人は変わるし、そうなるにはいろいろな事情がある。それは理解しているつもりだったが、やりきれない。

かつて吹雪をホストに誘ったとき、オーナーは自分の店を歌舞伎町一のオオバコにするのが夢だと語ってくれた。その夢はかなえられたというのに、オーナーはそれをめちゃめちゃにするつもりなのか。

オーナーが向かっているのは、やはりこの歌舞伎町のようだ。その報告を聞きながら、吹雪は運転席の武石に尋ねてみた。

「オーナーがどこかに大量の錠剤を隠しているとして、それが、……うちの店、ってことは考えられるのか？」

「ああ。十分に考えられる。ただ、店だと大勢が出入りするから、絶対に他の人間に見つけられないところだろうな。店内にオーナー室とか、オーナーしか触らない金庫とか、そのようなものがあるか？」

しばし吹雪は考えた。

「オーナー室はないし、店内に金庫はあるけど、経理が使っている。オーナーしか触らない金庫というのは、ないんじゃ……ないかな」

「だったら、……どうかな。店じゃないのかもしれない」

そのとき、無線に連絡が入る。オーナーの車は、歌舞伎町のいつもの駐車場に駐まったそうだ。

「武石」

言われて、武石は黒のバンをホストクラブがある雑居ビル近くのコインパーキングに駐めた。おまえはここにいてくれと言われたが、吹雪は武石が車から降りようとしているのを察して、反発した。

「俺も行く！」

「だが、危険だ」

そんな武石に、吹雪は負けじと言い返した。

「大丈夫。それに、俺じゃないと入れないところがあるだろ、店の中とか。部外者は警戒される」

武石がためらうように佐藤刑事を見る。佐藤刑事が指示した。

「わかった。だったら、武石と一緒に。だけど、危険なことはするなよ」

吹雪は無言でうなずく。

バンから降りたのは、武石と吹雪だけだった。他の者は、車の中で待機するらしい。

オーナーへの信頼を、すべて裏切られるようなことになるのだろうか。

オーナーが歌舞伎町内を横切って、店に近づいていく。それを武石と吹雪は物陰から見送り、そっと跡を追った。

かつては自らもホストをしていたというオーナーは、五十代の渋い容姿だ。しゃれた帽子をかぶり、堅気《かたぎ》っぽいスーツに上質なコートを重ね、マフラーをなびかせている。歌舞伎町よりも銀座《ぎんざ》のほうが似合う、紳士の風体だ。
――オーナーがグルだなんて、……信じられない。
だけど、外堀はかなり埋められてきたような気がする。
オーナーはホストクラブの入っているビルにまっすぐ入っていった。彼がエレベーター
に乗ったら吹雪は武石を残して一人だけ追いつき、一緒に上がっていこうと思っていた。
だが、今のモヤモヤとした気持ちのままでオーナーと顔を突き合わせたら、不審な態度
を取ってしまいそうだ。だから、オーナーの姿がホストクラブにあるビルに吸いこまれて
いっても、動かずに路上から見送った。
――一本、エレベーターをずらすか。
エレベーターが一階を離れたぐらいのタイミングを見計らって、武石とビルのエントラ
ンスに入り、動いているエレベーターの階数表示を見上げた。だが、エレベーターはなぜ
かホストクラブが入っている四階や五階では止まらず、そのまま屋上階まで動いていく。
「屋上？」
横にいた武石が、声に出してつぶやく。バンにいる佐藤刑事に、今の状況を伝える必要
があるのかもしれない。
「屋上だな」
吹雪はそう言いながら、エレベーターの呼び出しボタンを押した。それから、疑問を口

に出す。

「屋上に、オーナーが隠しておきたいものがあるってことか？」

「屋上に、何があるんだ？」

吹雪は頑張って、思い出してみようとした。

屋上に上がったことは何度かあるが、周辺のゴミゴミとしたビルや看板が見えるだけの殺風景な空間だった。ビルの空調の排出口にもなっていて、もわもわとした空気が漂い、あまりいい環境とは言えない。

たまにタバコを吸いに喫煙者のホストが上がることがあったが、二年前に借金で首が回らなくなった客が飛び降り自殺をしてから、屋上にはぐるりと柵が張りめぐらされることになった。ホストクラブ内に喫煙所が設《もう》けられたこともあって、今では屋上に出入りする従業員はほとんどいないはずだ。

――あ、でも、一回だけ行ったことがあったような。あれはいつだ？　店の、クリスマスの飾りを取りに行ったときか？

「屋上には、うちの店の倉庫がある」

ようやく思い出して、吹雪は武石に伝えた。ちょうどエレベーターが到着したので、空だったそこに二人で乗りこむ。武石がバンの佐藤に向けて『屋上には、店の倉庫があるそうです』と報告した。

「どんな倉庫だ？」

武石に尋ねられて、吹雪は答える。

「コンクリート製の、そうだな、六畳間ぐらいの倉庫。店のイベントで使う品とか、放りこんでたみたい。新人時代にオーナーに言われて、使い終わったクリスマスツリーを運びこんだことがある」

「今は使ってるのか？」

「最近、雑用しないから、よくわからない。昔はフロア一個しかうちの店は使ってなかったんだけど、フロア二つに拡張して、倉庫も作ったから、今ではほとんどそっちを使ってるはず」

――だったら、使ってない倉庫に、麻薬を？

オーナーが何かを隠しておくには、最適な場所のように思えた。鍵を誰かと共有することなく、オーナーが独占していれば、誰もあそこをのぞくことはない。季節イベントの前後だけ、何か必要なものがあったら、オーナー立ち会いの下で備品を出し入れすればいい話だ。

エレベーターはほどなく屋上階に到着した。

吹雪は武石と一緒にエレベーターから降り、屋上に至るドアの前に立った。

一呼吸置いてから、武石に言う。

「まずは俺が行ってみる。オーナーが倉庫の中で何をしているのかを確認して合図するから、おまえはまだここにいてくれ」

「わかった。何かあったら大声を出せ。すぐに駆けつける」

そんなやり取りの後で、吹雪はドアを開けて屋上に踏み出した。

すでに日は暮れていたが、周囲のビルの看板が眩しいほどだったから明るさには困らない。そんな中で、吹雪は屋上のひび割れた合成樹脂の塗り床を踏んで、倉庫に向かって歩く。

ドアノブをつかみ、音がしないようにそっと回した。ドアの隙間から中をのぞいてみると、中には備品が詰めこまれた段ボールが山積みだった。埃《ほこり》をかぶったクリスマスツリーも見える。その倉庫の奥のほうに、オーナーがいた。吹雪に背中を向けて、段ボールを移動させている。

もう少し見極めておきたかったのだが、中に入ろうとして引いたドアが、キィと錆《さ》びた音を漏らした。その音が聞こえたのか、オーナーが慌てた様子で振り返る。

身を隠す余裕もなく、目が合った。吹雪は開き直って、ドアを開け放したまま中に踏みこんでいく。

「屋上で考えごとしてたら、オーナーがここに入っていくのが見えたんで。……どうしたんです？　ここに、何か用でも？」

オーナーは慌てて段ボールの蓋《ふた》を閉じた。

「いいや、ちょっと探しているものがあったんだ。他の店で使うものだけど、もしかしたら、ここにあるのかな、と」

「どんなものです？　手伝いましょうか」

言いながら、吹雪はオーナーがいるほうへと近づいていく。

だが、その途中でオーナーの手元にあった箱の上部の合わせ目の隙間から、黄色いものが見えた。

もうこれは、証拠品だと思っていいだろう。見定めるために、吹雪はオーナーにさらに近づいた。

黙っていたかったのだが、恨み言を口にせずにはいられない。

「最近、どうにも店の雰囲気が悪くなってて。うちは繁盛してますけど、他の二軒は不採算だとか。だからといって、ろくでもないものに手を出したら、店を全部なくすんじゃないですか」

「いいから、君はそこにいろ！」

焦ったように近づくのを阻止しようとするオーナーを無視して触れられるぐらいに距離を縮めると、吹雪はその手元にあった段ボールを蹴り飛ばした。

その段ボールは、思っていたよりもずっと重かった。蹴られたことで段ボールは床に落ち、封をされていなかった蓋の合わせ目から中身が転がり出してくる。それは、ビニールにびっしりと入った錠剤だった。百錠ぐらいずつ、小分けされている。

「見つけた！」

おそらく近くにいるだろう武石に向かって、吹雪は叫んだ。その声にオーナーはびっくりしたようだったが、腹を立てた様子で吹雪につかみかかってくる。

「お、おまえ……っ」

「っ」

狭いところだったが、吹雪は何も言わずにオーナーの手を振り払って倉庫から屋上に出た。武石が入れ違いに倉庫の中に入っていく。

いつの間にか屋上には大勢の制服警官や刑事が集まっていた。彼らも次々に倉庫に入っていく。倉庫はそんなに広くないから、あっという間に中は人でみっちりになったのではないだろうか。

吹雪は屋上の倉庫から少し離れた場所で、ことが片付くのを待つ。しばらくして、倉庫の中からオーナーが、別の捜査員に左右を固められて出てきた。彼がエレベーターまで連れていかれるのを見守る。これから西新宿署で、みっちりと取り調べを受けることになるのだろう。

武石はなかなか出てこなかったので、吹雪は邪魔にならないように屋上の端まで移動した。柵越しに見下ろすと、見たことがないぐらいたくさんのパトカーが路上を埋めているのが見える。

それを眺めていると、声をかけられた。

「吹雪」

振り返ると、武石が立っていた。

他の捜査員に何か言って、一人だけ吹雪のほうにやってくる。他の捜査員は、先に下に降りるようだ。

吹雪は柵の前で武石を待ち、それから路上のパトカーを顎で指し示した。

「オーナー一人捕まえるのに、これだけのパトカーが必要なのかよ?」

大げさだと言いたかったのだが、武石は当然だというようにうなずいた。

「これから、ホストクラブの立ち入り捜査を始める。おまえが名前を挙げたホストを中心に、ロッカールームの隅々まで調べることになる」

「なるほど。そのための人員か」

納得はしたものの、さらに引っかかることがあった。

「お客さんには、迷惑かかる?」

ほとんどの客は薬物とは無関係だ。彼女らまで取り調べられそうなら、そのことを訴えなければならない。だが、武石は否定した。

「開店前だからな。基本的に客は調べない。やってきた客には、事情を説明して帰ってもらう。ただ、ホストから名前が挙がるような、薬物に依存していた客にはいずれ話を聞くことになる」

「俺も調べられるの?」

聞くと、武石は首を横に振った。

「いや。すでに話を聞いているからな。今日のところはいい。他のホストの供述と大幅に矛盾するようなことがあったら、あらためて話を聞くこともあると思うが」

「じゃあ、俺はこのまま帰っていいってこと?」

「ああ。協力に感謝する」

その言葉で、この事件が一段落したことを悟る。

ふうっと脱力してのんびりしたくなったが、このビルは大勢の捜査員や警察官で包囲されているようだ。そこを横切ると、他のホストと一緒にされて事情を聴かれる対象になるかもしれないと訴えると、付近の路上まで武石が送ってくれることになった。

報道機関も集まり始めているのが、屋上から見てとれる。明日のニュースでは、大きく扱われることになるのかもしれない。

エレベーターのあたりは人でごった返していたので、武石と階段で下りることになった。

途中でふと気づいて、武石に言ってみる。

「悪いんだけど、ちょっと店、寄っていいかな。自分のロッカー確認して、財布があったら回収したい。スマートフォンは新しいの買ったんだけど、カードの再発行は面倒だから」

「ああ」

言われて、店に入る。ロッカールームには捜査員しかいなかった。開けると、財布とスマートフォンの入ったバッグがあったので、それをつかんで店から出る。

これらを吹雪から奪って戻しておいたのは、あの夜のホストだろうか。盗みまではしなかったようだ。

一階まで降りていくときに、武石が言ってきた。

「しばらく、自分の家にいるつもりなのか？」

「他に行くところもないからね」

「マスコミが万一、そちらにも行くようだったら、うちに避難してくれてもいい」

何でもないように言われて、吹雪はドキドキした。

これで別れてしまうと、しばらく武石には会えないような気がして寂しい。吹雪は路上に一度出たものの、そのまま『話がある』と言って、地下階まで武石を引きずっていった。

ここには飲食店が入っていたが、改装中でこの時間は工事の人はいない。

薄暗い廊下を突っ切り、フロアの行き止まりのちょっとしたスペースに武石を誘いこむ。

声が響くから、できるだけ小声で話しかけた。

「世話になった。もう、俺はこの機会にホストを辞めることになるかもしれないけど」

「辞めるのか？」

「店がなくなるかもしれないからね」

そんなことになりそうな気もする。この店は繁盛していたし、吹雪が一から仕込んだホストが職を失うのは気の毒だが。

「……そもそも、俺がホストになったのって、どうしてだと思う？」

もういっそ、全部ぶちまけたい気持ちになっていた。

高校時代から、ずっと武石への恋心を抱いて生きてきた。一度、ここらでケリをつけるべきなのかもしれない。

自分と武石はまるで違うタイプだ。浮ついた吹雪とは違って、武石はいつでもどっしりとしている。そんなところが好ましかったし、安らげる場所ともなっていた。

最初は憧れのような感情だったはずだが、気づけば武石のどこもかしこも好きすぎて、目が追いかけていた。

自分の気持ちを伝えられないまま卒業し、こうして再会して肌を重ねるようになって、彼への恋心はどうしようもなく大きく育っている。

吹雪の質問に、武石は不思議そうに首を傾げた。

「おまえがホストになった理由って、適性があったからだろ。綺麗だし、昔から、女性にモテていた。天性のたらし」

――天性のたらし。

その言葉が、プラスの意味なのか、マイナスの意味なのかわからなくて、吹雪は武石の顔を見返した。

問いただささずにはいられなくて、吹雪はぎゅっとこぶしを握る。

「俺、さ。昔っから女子にはモテてたんだけど、本当は煩《わずら》わしいだけだった。たった一人にだけ、好きになってもらえればいい。そいつ以外に、モテる必要なんてないから」

緊張しすぎて、声がかすれる。

前にいる武石の顔が見られない。

必死で隠していた。そのために、女子と付き合っているふりまでした。

学生時代のことを思い出すのは、少しつらい。自分の未熟さを嫌というほど突きつけられるからだ。

「吹雪から、そこまで好きになってもらえるなんて、その人は幸せだな」

どこかくすぐったそうに、武石は話す。まるで自分のことだと思っていないような口ぶりに、鈍感すぎると叫び出したい気分になった。

「誰だか、わからない？」

「誰?」

無遠慮に尋ね返されて、吹雪は武石に視線を注ぎかけた。

「わからない? 高校のとき、一番俺に近かった人なんだけど」

「え? ええと、……?」

武石の視線が泳ぐ。心当たりを探っているらしい。

だが、あまりの話の進まなさに、吹雪のほうが耐えきれなくなった。

武石のネクタイをつかみ、ぐっと引っ張って自分のほうに引き寄せがてら額を突きつける。その愛しい唇に口づける寸前で、動きを止めた。

「わかるだろ?」

ここまでしたら、どんなに鈍感な男でもわかるはずだ。

「え」

それでも、武石が戸惑ったような声を上げたので、我慢できずにそのまま唇を押しつけた。

武石の唇は、少しかさついていた。だが、そのまま唇を割って、無我夢中で武石の舌を探る。これがもしかしたら最後のキスになるかもしれないから、舌の動きは止まらない。

舌をからみつかせても、最初は武石の舌は驚いたように動かなかった。だが、途中から吹雪の動きに応えてくれるようになる。

こんなふうにキスに応えてくれるからには、望みをつないでもいいのだろうか。だが、鈍感すぎる武石が相手だから、油断は禁物だ。

ずっと抱いてきた思いをすべて伝えるつもりで舌をからめ、どうにか気持ちが収まってから、吹雪は唇を離した。

すぐそばから武石の顔をのぞきこむ。視界が少しにじんでいるのは、感情が昂りすぎて、少し涙が浮かんでいるからだろう。

武石の顔は大好きだ。いかついのに愛嬌がある。ずっと見ていたい。

その顔に思いを突きつけた。

「高校のとき、必死におまえへの気持ちを隠そうとしてた」

武石は鈍すぎるから、すべて言葉にしないとわかってくれないかもしれない。

吹雪の告白に、武石が驚いた顔をした。やはり今の今まで、吹雪の気持ちに気づいていなかったのだろうか。

――嘘だろ？

だけど、そんな武石が好きだ。この様子では、吹雪以外からアプローチされても完全に無視し続けてきたに違いない。武石が今まで独身でいてくれたことに感謝しながら、吹雪は続けた。

「どうしておまえなのか、わからない。だけど、気づいたときには、おまえのことを必死になって、好きにならないようにしていた」

「好きに、……ならないように？」

「そう。好きになっちゃいけないって。だけど、手遅れだった。そんなふうに言い聞かせる必要があったのは、とっくに好きだったから」

「おまえ、生徒会長と付き合ってただろ？」

美男美女の、似合いのカップル。彼女とのことは、学内で評判だった。そのことに、吹雪は苦笑するしかない。

「彼女には、付き合ってるふりをしてもらっただけ。彼女も、男性からの告白をかわすのが面倒だったから、ふりをするのを承諾してくれた」

当時の自分を思うと、いたたまれなさに膝を折りたくなる。好きな相手に、自分のそんな薄汚い思惑を見せるのは耐えがたかった。それでも、全部さらけ出しておきたい。

「それと、俺が彼女に付き合って欲しいと伝えたのは、他の思惑もあった」

「何だよ、それ」

すぐには答えられなくて、吹雪は息を吸って、吐き出す。当時の自分への恥ずかしさのあまり、じわじわと赤くなっていく。三十も越えた今になって、そこまで当時の感情に揺さぶられるとは思わなかった。

「おまえが、……生徒会長のこと、好きだって思ったから。……おまえが彼女と付き合うのがどうしても許せなくて、……ダメ元で、その前に奪おうとした、俺なら奪えるかもしれないって、傲慢にも思ってた」

あまりの幼さにめまいがする。

これで武石に愛想をつかされるかもと思うと、顔が上げられない。

呆然としたように、武石が言ってきた。

「俺が生徒会長と付き合うなんて、そんな可能性は万に一つもなかったぜ」

「だけど、仲良かっただろ」

どれだけヤキモキしたかわからない。武石が生徒会長と話しているのを見かけるたびに、割って入らずにはいられなかった。

「単に、……女子の中では一番、話しやすかったってだけだよ」

「けど、女子ってだけで、当時の俺はめちゃくちゃ警戒してた。あの年齢の男子は、ちょろい。そこそこ顔と身体のいい女子なら、いくらでもたぶらかせる」

「当時の俺の評価って、そんな？」

武石が苦笑した。

「だけど、当時は部活で精一杯だったから、女子と付き合うつもりはなかったな」

「けど、向こうから言い寄られたら、わかんないぜ？」

「そうかな」

「そうだよ」

吹雪は力強くうなずいた。そんな武石を前にしていると、自分と付き合ってくれる可能性はないように思えてきて落ちこむ。

それでも、吹雪はついに本題に踏みこんだ。

「俺がホストになってみようかな、って思ったのは、どうしても落としたい相手がいたからだ。女性客を通じて、男の気を引くにはどうしたらいいのか、知りたかった。……つまりさ、俺の本命は男で、おまえだったから」

そのことに実感がないらしく、武石は呆れたように肩をすくめる。

「けど、おまえ、あんなにもモテて。ナンバーワンホストで」

「仕事には一心に打ちこむタイプだってだけ」

武石は軽く首を振って、腕を組んだ。投げかけてくる視線に硬さがあるのを見ると、まだ吹雪にだまされているのかも、という警戒心でもあるのかもしれない。

「俺が一番わからないのは、おまえだよ。――気を引くようなことを言ったり、したりするくせに、本心がどこにあるのかわからない」

「は？　それは、おまえのほうだろ」

思わず吹雪は言い返した。

「すごく傷ついてたんだからな。卒業してから、おまえから一切連絡してこないから」

「俺のほうこそ、引っ越しましたって連絡がないことに、ヤキモキしてた」

「は？」

自分と武石はすれ違っている。吹雪は武石から一切の連絡がないことを責めているのだが、武石のほうは引っ越しても連絡しなかったことを気にしているのだ。

その感覚の違いについて戸惑って黙りこんでいると、武石が意を決したように口を開いた。

「たまに、さ。俺、おまえの住んでたアパートの前、通ってたの。就職してからも」

「なんだよ？　だったら、寄ればよかっただろ？」

思わぬ告白に、吹雪はふう、と息を吐き出した。

武石が自分のアパートの前を通っていたなんて知らない。学生時代はたまに部活の帰りですごく遅くなったときや、吹雪が逆恨みで不良から付け狙われるようなことがあったとき、武石が遠回りして家まで送ってくれた。

女子じゃないのだから、そこまでしなくてもいい、と断ることもあったのだが、武石は頑《かたく》なだった。その気持ちがくすぐったくて嬉しかった。大切にされているような気がした。

それに、少しでも武石と一緒にいられる時間が増えるのが嬉しかった。

だけど、武石の家と吹雪の家とは、駅を挟んで反対の位置にある。

ついでで通るようなところではない。

なんでそんな遠回りをした？　と思ったとき、じわりと吹雪の胸に広がる痺れがあった。

——もしかして。

吹雪が会いたいと思っていたのと同じように、武石も自分に会いたいと思ってくれたのだろうか。武石はその気持ちの伝えかたを知らず、ただ人知れず吹雪のアパートの前を通ることで、モヤモヤを解消しようとしてきた。

これは脈ありかもしれないと思った途端に、吹雪はのぼせ上がりそうになる。

「なんで、俺んちのそば、通ってたの？　そんなにも俺に会いたかった？」

武石はぎこちなく目を伏せた。

「ああ。すごく」

「だったら、これからも会う？」

事件が片付けば、終わってしまう関係ではなく。

そんなことも、可能なのだろうか。

尋ねると、武石はうなずいた。

「合い鍵、渡すよ」

背筋がぞくりと痺れた。

これは、恋人としてお付き合いしてみよう、という意味で大丈夫だろうか。

——っていうか、俺はそう受け取るぜ？

今さら誤解だと言い出しても、聞いてやらない。有無を言わせずに、押し倒してやる。

「あ。あと、あと一つ。気になってたことがあるんだけど。今、聞いといていいかな。おまえと初めてしたとき。……俺がシャワーを浴びて戻ったら、おまえ、リビングで頭抱えて、ひどく後悔しているように見えたんだけど」

「ああ。……後悔もあったな」

「何で」

「何でって、……説明は難しい。つまりは、あっという間の展開についていけなくなってた。肉欲に流された自分に啞然《あぜん》とするのと同時に、自分のありようを見失ったっていう感じか？」

「自分のありよう？」

——何だろう、それは。

まったくわけがわからない。尋ねると、武石は照れたように笑った。

「つまり俺は、ずっとおまえの味方で、おまえが外で千人の敵を作っても、俺だけは味方でいる、みたいな、そんな状況を仮定してみろ」

「お、……おう」

——千人の敵？

そこまで吹雪は世界を相手に戦っているつもりはなかったが、武石が言うのならとりあえずその状況を想像してみる。

「いつでも、俺は吹雪の避難場所でありたかったんだ。だけど、吹雪としたことで、俺はそういうのじゃなくなったんだなぁって」

「何で？」

「おまえと関係を持ってしまえば、いろんな欲が湧く。無欲のシェルターではいられなくなる。だから」

――シェルターかぁ。

そんなつもりでいてくれたなんて、知らなかった。虫も殺さぬ武石だが、いざというときには武闘派なのだ。

それだけ吹雪のことを思ってくれていたと、受け止めていいのだろうか。

そのおかげで、次の言葉がすっと出た。

「いろいろ欲が出てきたんだったら、付き合おうぜ。恋人として」

返事はすぐにはなかった。無言で見つめられ、答えが出ないんだったら、強引に押し切ろうとしていたときだ。

感極まったかのように、いきなり顔を両手でつかまれた。

――は？

返事の代わりに与えられたのは、先ほど吹雪から仕掛けたのを上回る、激しいキスだった。

「……っ」

唇を割られ、舌をからめられ、息も絶え絶えになる。

それでも嬉しさが勝って、吹雪のほうから腕をその逞しい肩にからみつけた。

遠回りしてきたけど、ようやくたどり着けた安らぎの場所。

武石はシェルターではいられないと言っていたが、逆に吹雪は彼のそばに安らぎを見い出していた。

〔四〕

それから、一か月。

武石が勤務終了後に出向いたのは、歌舞伎町の例のビルだった。

前に吹雪が勤務していた雑居ビルの同じフロアに、新しいホストクラブが今日、オープンするという知らせを受けたのだ。

前のホストクラブはオーナーが逮捕され、事業での赤字がどうにもならなかったことで倒産したそうだ。だがその店を居ぬきの形で、吹雪が借りることになった。吹雪が新たなオーナーとして、再オープンさせる運びだそうだ。

客には一人一人説明し、前のオーナーと新しいオーナーとは完全に別人であり、別経営だと理解して、安心してもらったらしい。

薬物と関係があったホストは警察の捜査によってすべて洗い出され、関係を切った。だから今はどこよりもクリーンなホストクラブだと、吹雪は胸を張っていた。

『けどさ。あと一つ、問題があるんだよな』

吹雪が昨日、武石に電話してきたときの声がよみがえる。

『前のオーナーと、扶洋組との結びつきがどうにも気になる。オーナーがそこに用立ててもらっていた借金がじわじわと膨れ上がり、法外な利子をつけられて返せなくなったときに、だったら店で薬物を売れ、っていう脅迫を受けたんだって。それで、ヤクザとの関係が深くなって、あんなことに。だけど、俺がオーナーになったからには、裏社会との関係をすっぱり切りたい。だから、やつらがみかじめ料の要求に来そうなオープン当日に、警察がいてくれると助かる。明日、佐藤刑事と一緒に、来てもらえないかな。あの人、組織犯罪対策課だろ』

「なるほど」

飲食店と暴力団の関係を絶つことに、西警察署では一丸となって取り組んでいる。だからこそ、武石は今日、出勤してから佐藤刑事を誘ってみた。忙しいと断られたら一人で行こうと思っていたが、意外にもあっさり承諾してくれた。

そのときに、感慨深そうに言われた。

「こうやって、最初っからヤクザとの関係を結ばないでくれる店は、ありがたいんだよね」

佐藤と終業後に署の玄関で落ち合い、そのまま徒歩で歌舞伎町へと向かっている。

今まで佐藤と歌舞伎町に用事があるときは、車が多かった。だからわからなかったのだが、歌舞伎町に入ったあたりから、佐藤が何かと挨拶されているのに気づく。その相手が、いかにも暴力団員だ。

——え？

そのことに内心で驚きながら、スーツ姿の優男《やさおとこ》としか見えない外見の佐藤に尋ねてみる。

「佐藤さん、もしかして新宿の顔なんですか？」

暴力団を相手に仕事をする組織犯罪対策課の刑事は、たいてい暴力団員と見間違えるような風貌へと変化していく。服装もそうだし、顔つきもだ。

そんな中で佐藤は異質ともいえる。

まさかまさか、と佐藤は否定した。

「そんなことはないけど。ただちょっと、彼らとはしがらみがあるってだけで」

しがらみがあるから挨拶されているというよりも、少し怯えられているような気がする。どうすればそんな関係になれるのかと思いながらも、少しだけ組織犯罪対策課に興味が湧いた。殺人課と組織犯罪対策課で武石を取り合ったと聞くから、いずれ組織犯罪対策課に配属されることもあるのだろうか。

もっとも武石の風貌では、暴力団員寄りに変化してしまう不安があった。

佐藤と世間話をしながら、歌舞伎町を歩いていく。

ホストクラブで違法ドラッグが取り引きされていたことは、当初、大きなニュースとなった。だが、日々ニュースは消費されていく。一か月も経った今では、世間ではほとんど忘れられていることだろう。

吹雪がオーナーとなった店は、今日は予約でいっぱいだと聞いていた。

そうは言っても、人気は水物だ。実際には閑古鳥《かんこどり》が鳴いていたらどうしよう、と吹雪は心配していたのだが、近づいていくにつれて華やかな花のスタンドが歩道を埋めつくしているのが見えてくる。

ちょうど開店の時間にあたっていたらしく、大勢並んでいた客がホストたちに出迎えられて次々と店に入っていくところだった。武石は佐藤としばし路上で、客の波がいったん落ち着くのを待つ。

それから店に入っていくと、入り口のところで客を出迎えていた吹雪が武石に気づいて、嬉しそうな顔をした。

その笑顔に、武石は見惚れる。

今日も吹雪はびっくりするほどに艶やかだ。オープン当日だからこその白のタキシードに、胸元に小さな花のブーケ。

ホストクラブのオープン日に男二人でやってくる滑稽さを自覚していただけに、歓迎されたことに武石はホッとした。

「来てくれたんだ」

吹雪は近づいてくるなり、ぎゅっと抱きついてくる。

途端にその全身から漂ったいい匂いに、武石はくらりとした。そんなに強く抱きついたら、胸元の花が潰れる。そう思ったから、武石のほうからも抱き返したいのを我慢して、ぎゅっとこぶしを握った。

「誘われたからな。佐藤刑事も来てくれた。新宿の顔らしいから、安心だ」

「おいおい」

佐藤が困ったように言うと、吹雪は彼に向きなおって表情をあらためた。目がきらきらと輝いている。

「後で組のやつらが来たら、そちらのテーブルに通しますので、対処をお願いします。テーブルにホストはつけませんけど、開店サービスでボトルをつけます。好きなだけ飲んでいてください」

警察に対する供応にならないように、吹雪は佐藤と事前に相談して、大丈夫だと思えるラインを決めておいたそうだ。

それから入り口付近の席に案内され、武石は佐藤と飲むことにした。

――にしても、広いよな。ホストの数も前と変わらない？

前からこの店に来るたびに、派手な内装とフロアの広さが気になっていた。この店を引き継ぐのは、大変だ。

──けど、吹雪ならどうにかなるか。

不思議と相手の気持ちを取りこむ魅力が、吹雪にはある。それに、意外に真面目だし、堅実だ。そんなところも好きなのだが、そんな吹雪を自分が独占できるとは思わなかった。

──なんで吹雪は、俺が好きなんだろうな?

それを不思議に思う気持ちは、ずっと武石の中にある。いまだにそれは、解けない謎だ。

このビルで、一か月前に大捕り物があった。そのときからの流れを、武石は頭の中で振り返ってみる。

そのときに吹雪と両思いになったものの、オーナーが逮捕されたときから武石は事件を立証するための裏付け捜査に忙殺されて、まともに吹雪に会いに行けなくなった。課は違うのだが、応援に駆り出されたのだ。

ようやく時間が取れるようになった二週間後には、今度は吹雪が忙しくなっていた。

このホストクラブの閉店が決まり、それを吹雪が居ぬきの形で借りて、新しい店としてオープンさせることになったからだ。

新しく会社を作る手続きや、店で働くホストへの説明。雇用契約。店へ納品しているさまざまな業者とのやり取りや、新しく雇うホストの面接などで、吹雪は寝る暇もなく働き詰めになったらしい。

そのすべてを乗り越えての、今日のオープンだ。

――居ぬきだから、これでもかなり楽なんだろうな。

武石は店内を見回した。前の店と、まったく何も変わっていないようにも思えた。ホストも多くが吹雪についていくことになったらしく、見たことがある顔も多くいる。店は満席だったが、開店時によくあるスタッフの不慣れさはなく、滞《とどこお》りなく回っているようだ。ホスト以外の店のスタッフも、吹雪が信頼している相手はそのまま雇用することになったそうだ。吹雪はもともと店のトップだったし、人望があるから、わりとスムーズに体制は移行したのだろう。

武石と佐藤が案内されたテーブルに、ウイスキーボトルが運ばれてくる。想像していたよりも、ずっといい銘柄だ。

武石はグラスや氷が整うなり、あとは自分でやると伝えた。

アイスペールにたっぷり盛られた氷をグラスに移し、以前、吹雪に教えられた通りに水割りを作りながら、佐藤に言った。

「俺、ここに潜入捜査したときに、おいしい水割りの作り方、教えてもらいました。その腕を披露します」

働いたのはほんの数日だが、ひたすら水割りを作り続けていたので、それなりに上達したような気がしている。

佐藤はゆったりとソファにもたれかかった。

「秘訣は？」

「水を入れる前に、まずウイスキーだけ冷やすこと」

「味変わる？」

「二つ作りますから、飲み比べてみます？」

以前吹雪としたように、飲み比べなどをして時間を潰す。今回はいいウイスキーだったのもあって、どちらでもさして変わらないように思えた。

佐藤は意外なほど話しやすく、過去に新宿で起きた組織犯罪事件の話などを聞いているうちに時間は過ぎた。

フルーツの盛り合わせもサービスされて、いい感じに酔っ払ったころに、ふと入り口あたりが騒がしくなった。ドスの利いた声が聞こえてくる。

ようやく待ちかねていた客がやってきた。呼ばれるよりも早く、武石と佐藤は席を立った。

近づくと、入り口付近にガラの悪い男が二人いた。

その肩に、佐藤が手をかける。

「ちょっと、外行こうか」

「なんだと！」

殺気だった男は、にっこりと笑った佐藤の顔を見るなり、顔を引きつらせた。佐藤は強引に男の肩をつかんで、エレベーターホールまで引っ張っていく。それから、諭すように佐藤が言うのが聞こえてきた。

「この店、俺の知り合いの店だから。薬物使用で検挙されたことで世間の注目を浴びているし、オーナーが変わったから、これからはクリーンにいくよ。それで何か文句があるんだったら、代行じきじきに俺に連絡入れてよ」

口調は柔らかだが、これまでの付き合いがあるのだろう。男は青ざめて何度もうなずき、佐藤が腕を離すなり、もう一人の男とともに、エレベーターへと逃げていった。

それを見送ってから、佐藤が武石を振り返る。

「とりあえず、これで大丈夫かな。次に何かあるようなら、俺に連絡するように言っといて。店が暴力団の不当な要求に従わないように指導するのが、俺たちの役目だし」

「わかりました」

これで役目は果たしたとばかりに店に戻り、暴力団の要求を退けたと吹雪に報告してから、二人で店を出る。佐藤とは、すぐに別れた。

気持ちよく酔った武石は、新宿駅に向かって歩く。そうしながら、今日の店での吹雪の様子を思い返していた。

開店日だけあって、店では吹雪を中心に大変に盛り上がっていた。シャンパンタワーがあちらこちらで準備され、そのたびに店中のホストが集まって、さらにその場を盛り上げていた。

今日一日でどれだけの金が使われたのだろう。

あらためて、吹雪の魅力を思い知らされた日だった。

電車で帰宅し、メールをチェックしてから、武石は布団で身体を伸ばす。吹雪のことが恋しくはあったが、特に連絡は入っていない。メールを打つ暇もないぐらい、今日は忙しいのだろう。

酒を大量には飲んでいないつもりだったが、それでも店に滞在した時間が長かったから、それなりに杯を重ねていたのかもしれない。全身がふわふわするような感覚の中で、武石は重くなってきた瞼を閉じた。

——だけど、吹雪は俺のもの。

そんな思いがある。

告白してくれたときの吹雪の、必死だった様子が記憶に灼きついている。

高校のときから武石のことが好きで、その気持ちを死に物狂いで隠そうとしてきた。そんな告白を聞いて、どれだけ驚いたかわからない。

だけど、武石のほうも吹雪が好きになっていた。自覚したのは再会してからだったが、高校時代から恋心の萌芽《ほうが》はあったのかもしれない。

何せ相手は吹雪なのだ。その目で見つめられれば、性別の境などなくフラッとする。落とせない相手などないような気がする。

――だけど、吹雪も俺のこと、……昔から好きだったなんて。

今になって振り返ってみれば、少しだけ思い当たることもあった。部活が終わるのに合わせて吹雪が更衣室まで迎えに来てくれることがあったが、着替えている最中の武石から、いつでも視線をそらしていた。男の裸なんて見たくないのだと思っていたが、逆だったのだろうか。

卒業して別々の道に進んでからも、吹雪のことは忘れられずにいた。なんとなく吹雪が恋しいときには、遠回りして彼が住んでいたアパートの前を歩いた。

どれだけ遠回りだろうが、吹雪が住んでいる部屋の明かりを見ただけでも落ち着いた。だから、引っ越されたときには、寂しかった。大切にしていたものが、奪われた気がした。

――考えてみれば、俺も吹雪のこと、相当好きだったよな。自覚なかったけど。

自覚できたのは、吹雪に肉体的に迫られたからだ。

あれがなければ、今でも鈍感な武石は、自分自身の気持ちにさえ気づいていなかったかもしれない。

新装開店した店は、大入り満員のまま、閉店時刻を迎えた。

オオバコだし、今後の運営は大変だろうが、吹雪は確かな手ごたえを感じている。

ホストになるつもりがなかった自分が、経営にまで乗り出すとは思わなかった。

――まぁなりゆきではあるし、勝負はこれからだ。

興奮しきった気持ちを落ち着かせながら吹雪がタクシーから降りたのは、武石の家の前だ。閑静な住宅地にあるから、この深夜にはあたりは静まり返っている。

――武石の家来るの、久しぶり。

それでも、何度か出入りはした。来るたびに着替えや寝巻きが増え、歯ブラシやマグカップなど、じわじわと私物でこの家を侵略しつつある。この家に居ついてしまいたいほど、そばにいたい気持ちは日々膨れ上がっていた。

――だって、朝から晩まで武石を味わいたいからな。

特に自宅にいるときの、武石の油断しきった雰囲気が好きだ。ぼーっとした寝起きの顔や寝ぐせがチャーミングで、そのまま押し倒したくなる。

吹雪は合い鍵を使って、武石の家に上がりこんだ。

「お邪魔しまーす」

玄関でそっと声をかけたが、反応はない。人の気配もないから、すでに武石はぐっすりと眠っているのだろう。

――だけど、明日、休みだって言ってたよな。だったら、起こしてもいいよな？

さりげなく勤務日を聞き出している。武石を寝不足にさせるつもりはなかったが、今日はついに念願の開店日を迎えたのだから、お祝い代わりに多少のわがままは聞いてもらえるだろう。

そんなふうに考えて、吹雪は階段を上がっていく。

そっとドアを開くと、和室に布団を敷いて眠っている武石が見えた。武石の部屋に、ベッドはない。かつてはあったそうだが、古くなったので処分して、布団に換えたそうだ。

眠っている武石の枕元に、膝をつく。気持ちよさそうに眠っていたから、この薄闇に目が慣れるまで、しばらく武石の寝息を聞いていた。

それだけで、ニヤニヤしてしまうほど幸せな気分になる。

目が慣れたころ、吹雪は武石の枕元に手をついて顔を寄せ、静かに唇をふさいだ。

まずは、その唇の感触をたっぷりと堪能したい。

最初は起こさないように、触れるだけのキスを繰り返す。

眠っている相手だと、好きなだけキスできるのは楽しい。

さすがに武石は目を覚ましたらしく、途中で首の後ろに腕を回して抱えこまれ、キスは舌をからめる本格的なものに変化していく。

途中で息継ぎのために唇を離すと、かすれた声でささやかれた。

「おかえり。……それと、開店、おめでとう」

「ありがと」

店でも言われたことでもあったが、こうして武石に言われるのは格段に嬉しい。

武石がねぼけた顔で言ってきた。

「高校生のときの、夢を見てた。ずっと忘れていたんだが、俺、卒業式のとき、生徒会長に妙なこと言われてさ。そのときのことを、夢に見たことで思い出した」

「え」

なんだか嫌な予感がする。彼女はもしかして最後に、ろくでもない情報を吹きこんだのではないだろうか。

だが、武石の表情が穏やかだったので、その内容を聞きたくなった。

「どんなこと言われたの？　生徒会長に」

「『ずっと吹雪を見てたんだけど、あいつ、好きな子いるんだよね』」

武石の口から漏れた十年以上も前の言葉を、吹雪は感慨深く聞いた。吹雪が好きな相手が彼女ではないことを、生徒会長は理解していたはずだ。そんな彼女が、いったい武石に何を言ったというのか。

「それで？」

「それから、俺を見て言ってきた。『武石くんも、好きな子がいるでしょ』」

「え?」

その言葉に、吹雪の鼓動が乱れた。高校生のとき、武石が好きなのは生徒会長だとずっと思っていた。武石本人にそうではないと否定されてはいたものの、今でもその疑いは消えていない。

「どういう意味? おまえが好きだったのは、生徒会長だったの? それとも、別の人?」

武石はその質問に、薄く笑った。

「当時は、何を言われてるのかわからなかった。彼女は、こう続けたんだ。『邪魔しようと思ってたけど、両思いだからどうにもならないわ。わたしは身を引くから、お幸せにね』」

「……っ」

吹雪は絶句した。

じわじわとその言葉の意味がわかってきたからだ。

吹雪は、武石が好きなのは生徒会長だと思っていた。だけど、生徒会長は吹雪が交際を申しこんだとき、それを承諾してくれた。それが不可解でならなかったが、武石が好きなのが生徒会長ではなくて吹雪だったとすれば、その行動が理解できる。

「おまえ、……本当に、生徒会長がそんなこと言ってたの? 話、作ってない?」

「作ってない。本当に意味不明だったから、その後すぐにメモを取って、何度もそれを見返した。おまえにも相談しようと思ってたんだけど、その機会がないうちに日々が過ぎてしまって」

「けど、その言葉に納得しようとすると、おまえが当時から俺を好きだった、ってことになるぞ。俺とおまえは両思いだったけど、気持ちが通じてなかった。彼女はそれを邪魔しようとして、俺と交際したって」

「彼女の思惑は彼女自身にしかわからないかもしれないけど、……今になって思い返してみれば、……俺は当時から、吹雪のことが好きだったのかもしれない」

「は？」

「自覚なかったけど。……たまにおまえにドキドキすることもあった。やたらと守ってやりたいと願ったり。……卒業してから、苦しくなるほど会いたかったりもした。友情の延長としか思ってなかったけど、彼女は女性の勘で、……見抜いてたのかもしれないなぁ」

「俺が武石のそんな気持ちの萌芽に、気づいてなかったというのに？」

そんなことはあり得ない。

吹雪が一番、武石のことを見ていたし、理解していた。そんなふうに断言したいのだったが、もしかしたら彼女が言う通りなのかもしれないと思うのは、吹雪も自分の気持ちにいっぱいいっぱいで、余裕をなくしていた青春時代だったからだ。

——武石への気持ちを隠そうとするだけで、……必死だった。

だから、こんな告白は嬉しい。武石が高校生のときから吹雪のことを無自覚に好きだったなんて、運命の恋人みたいだと浮かれてしまう。

——死ぬ気であのときに告白してたら、何かが変わってたのかな。

だが、そうとも思えない。

武石は無自覚だったから、強引に迫っていたら嫌われて、今ごろは完全に避けられていたかもしれない。

うまくいったとしても、若すぎたから暴走しすぎて、今ごろ別れていた可能性もある。

——そう。今でよかったと、ポジティブに考えるのが一番だな。

そんなふうに自分に言い聞かせながら、吹雪は武石に顔を寄せた。

「ようやく自覚できて、高校のときから好きだった相手と、こうしていちゃつける感想はどう?」

「……最高かな」

ぼそっと可愛いことを言ってくれたので、吹雪はにやついた。

「だったら、今日はサービスするぜ。どうして欲しい? リクエスト、何でも聞いてやる」

武石の掛け布団をはぎ、その腰に馬乗りになりながら、吹雪は服を脱いでいく。

するとと武石は、いたずらっぽい顔をした。

「乳首、吸いたい」

「え?」

「おまえ、そこでめちゃめちゃ感じるだろ。今日は乳首でイクぐらい、たっぷり吸わせて」

思いがけず、マニアックな要求を受けてすくみ上がる。確かに武石の唇にはやたらと感じるが、そこで感じるのは、男として抵抗がある。

だが、何でも聞いてやると言ったばかりだ。

「……わかった」

「だったら、上だけ脱いで。俺はこのまま寝てるから、吸いやすいように口元につけて」

ささやき声でねだられると、そうされることを予想して身体が震える。

吹雪はゾクゾクしながら、スーツの上着とシャツを脱ぎ捨てた。

期待に、乳首は何も刺激がないうちからじんじんとうずいてきた。吹雪は武石の頭のあたりに手をついて、上半身を倒していく。

武石の口に乳首が触れると、途端にチュッと下から吸いつかれた。ぞくっと強い痺れが抜けた。

「ッあっ……っ」

「どうされるのが好きなのか、言えよ。その通りにしてやる」

乳首に唇を触れさせながらささやかれて、その口や舌の動きだけでも感じた。それでも、恋人に感じるやりかたを伝えておく機会は貴重だから、息を乱しながら答えた。

「吸われるの、……好き」

「だったら、たっぷり吸わせてもらおう」

武石の口がピンポイントで乳首にちゅっと吸いついては離れていく。そのたびに、乳首からの刺激がひどく全身に響く。

下から吸いつかれているという状況が、さらに興奮を高めているのかもしれない。

ちゅぱちゅぱと吸われるにつけ、乳首がじんじんしてきた。強く吸われるのと、軽く吸われるのを繰り返され、その合間に舌が突起にからみついては、吸いながら転がされる。

そこから広がる快感が腰のあたりに蓄積してきて、瞼が震えた。

「ッん、反対側、指で」

片方だけを執拗になぶられるのに耐えられなくなってねだると、武石の指がそちら側に伸びた。

うずいて張り詰めている突起を、触れるか触れられないかぐらいでそっとなぞられ、色づいている部分を押し潰された。

そうやって限界まで弄んだ後で、敏感になった乳首を指先でしっかりととらえられ、これるように指を使われる。

「っぁ、……あ、あ……っ」

欲しかった強い刺激が気持ちがよすぎて、喉が鳴った。

さらに武石の唇が、そちら側に移動した。いきなり、強く吸い上げられる。

「っんぁ！」

より強い刺激を求めていた乳首を舐められ、いきなり歯を立てられて、上体が跳ね上がりそうになった。

逃げようとしても、しっかり肩に手を回されて抱えこまれており、それがかなわない。弾力のある突起に嚙みついては引っ張られ、痛み混じりの刺激が背筋に抜ける。だが、感じきった身体にとってそれは快感でしかなく、何度か嚙まれた後に詫びるように優しく口腔内で転がされた。強弱混じった刺激に翻弄されるばかりだ。

「っん……っぁ、……は、……ぁ、あ……っ」

早くも身体が陥落《かんらく》して、足の間で性器が張り詰めているのがわかる。

それが焦《じ》れったかったが、武石が言ったのを思い出した。

——乳首だけで、……イかせるって……。

そんなことできるのかと思っていたが、この状態では時間の問題かもしれない。

だけど、武石は一気に絶頂まで吹雪を押し上げることはなく、歯を立てた左側の乳首から口を離し、右の乳首へと移動させた。

「っぁ」

ちゅくちゅくと、舌を押しつけるような柔らかな愛撫が再開される。

口から出された突起にまぶされた唾液が外気で冷やされ、歯を立てられた余韻でジンジンとうずく。急に刺激が断ち切られたことで、物足りなさがやけにかき立てられた。

その不足を埋めるように、右側の乳首ばかり舌の弾力を感じさせられているからなおさらだ。

固く尖った乳首を舌先で転がされると、身体の芯までぞくぞくと痺れた。ほんの小さな部分なのに、そこは快感の塊《かたまり》と化している。

感じれば感じるほど固くしこり、感度を上げていくようだった。

限界まで尖ってしまうと、ただ舌先で転がされるだけでも、痺れるような快感を腰に伝えてくるようになる。ペニスの先端を、指先でぬるぬるとしごかれているのに似ていた。

乳首と性器との快感がつながり、武石に乳首を吸いたてられながら、吹雪はペニスも一緒になぶられているような錯覚に陥っていた。

男が一番感じる性器に一切の刺激を与えられていないことが、もどかしさをかき立てる。

だけど、それ以上に乳首から流れこんでくる快感が吹雪を翻弄していた。

「んんん、……ぁ、あ、あ、あ……っぁ、……ぁああ……」

武石の口に乳首を押しつけて、より強い愛撫をねだる。

その目に映る自分がどんどん乱れていくのが恥ずかしくもあったが、唾液があふれるのすらぬぐえない。

「気持ちいい？　エロい乳首だな。弾力が可愛くて、いくらしゃぶっても飽きない」

その言葉を体現するかのように、武石の唇や舌は淫らにその小さな突起を転がしては、吸い続ける。

「……っぁ、あ、あ……っ」

「やめられなくなる。……色が変わるまで、吸ってみようか」

──色が、……変わる？

その言葉を、吹雪は頭のどこかで繰り返した。

吹雪の乳首は、普段は淡い桜色だ。すでに変化しているのかと気になって胸元を少しだけ浮かすと、武石に吸いたてられていた乳首は、いつもよりも赤く充血している。

武石が思いがけずいやらしいことを口走ることに、めちゃくちゃ興奮した。それを自分がさせているのだと思うと、余計に身体の熱が収まらなくなる。

右の乳首を嫌というほど吸われた後で、武石の唇が放置されていた左の乳首に戻ってきた。

強く吸われて、途端に大きく身体が跳ね上がった。それでも、武石の唇が届く範囲に上体を倒したままなのは、これをやめるなと伝えているのと同じだろう。

「っんぁ……っ!」

背中に腕を回され、逃げられないように引き寄せられながら、じゅ、じゅ、と強く吸われた。刺激を送りこまれるたびに、その小さな突起は敏感さとうずきを増していく。

強い刺激は最初だけだったが、肉厚の唇で乳首を弄ばれるだけでも、腰がおかしくなりそうなほど感じるようになっている。

ひたすら左の乳首から快感が蓄積されていく。その合間に尖りきった右の乳首を指先に引っかけられ、そこを弾かれた挙げ句にこね回されて、その弾力を弄ばれるのが悦《よ》すぎた。最後にとどめを刺すように強く乳首に嚙みつかれ、がくがくと腰を動かしながら達していた。

「んぁ! ……はぁ、……は、は、は……っ」

乳首だけで達したことに狼狽しつつも、全身を染める快感にどっぷりとつかる。

だが、その余韻が消えないうちに、武石の手に性急にベルトを外され、スラックスごと下着を引き下ろされた。

寝転んでいた武石の代わりに、吹雪の身体が布団に横たえられる。

ずっと突っ張っていた腕の負担が減ることで、少しだけホッとした。だけど、すぐに武石の手が、吹雪の足の間へと伸びてきた。

触れられてもいないのに、硬く姿を変えたそれを手でなぞられ、それだけでたまらなくなって息を漏らす。

「ッん」

だけど、射精したばかりだ。出したものは武石が綺麗に拭いてくれたが、まだまだ硬くて、なぞられるだけでもぞわっと鳥肌立つほど敏感に張り詰めている。

「ここいじられるのと、後ろをたっぷりクリームをからめた手でほぐされるのと、どっちがいい？」

いやらしくささやかれて、吹雪は震えながら考えた。

「武石は？　どっちがしたい？」

「早く、吹雪の中に入れたい」

切羽詰まったようにささやかれたら、その望みを聞き入れたくなる。

「じゃあ、……そうしろ」

待っていたように、武石が潤滑剤を取り出す。吹雪が前に使用した潤滑剤を準備しておいてくれたようだ。それを指の上に絞り出した。

まずは、濡らした指で縁をぬるぬるとなぞられる。そうされただけでやけに感じて、中がひくひくとうごめき始めていた。

「んぁ、……あ、あ……」

指を入れないまま、また乳首に唇を戻され、尖った部分を食《は》まれながら、縁だけをなぞられる。

「っぁ！」

乳首に軽く噛みつかれ、その快感を受け流そうとした瞬間、ずぶずぶと指が入ってきた。身体から力が完全に抜けていただけに、その快感がたまらない。

一度指を抜かれ、潤滑剤をからめられて、再度指が突っこまれる。抜いては潤滑剤を足される合間に、中をほぐそうとするかのように、ぐりぐりと押し広げる動きが混じる。

「っんぁ、……ぁ、……あ……っあ」

武石の指は太いから、たった一本でも存在感があった。その指でかき回されると、じっとしていられない。だが、指の動きに集中していられないほど、乳首も絶えず吸われ続ける。

乳首を吸われると、どうしても中の指を締めつけずにはいられなかった。その締めつけに逆らうように強引に指を動かされ、たまらない快感が背筋を走る。

中にたっぷり潤滑剤を塗りつけた後で、指の動きが変わった。

指の腹の角度を少しずつ変えながら、満遍《まんべん》なく襞をなぞられていく。その複雑な動きに、息が上がっていく。

「ん、ん」

武石の指に後孔を犯され、乳首を嫌というほど吸われている。

そんな光景をどれだけ思い描いたことだろう。それが現実になっているのが信じられない。だが、武石の指や舌が動くたびに流しこまれてくる濃厚な刺激は現実だ。

武石の歯にくわえられて、乳首を限界まで引っ張られた。そのときの痛み混じりの感覚や、引っ張られすぎて歯から外れ、ぷるっと戻るときの刺激もたまらない。

気がつけば口が開きっぱなしになり、唾液を垂れ流しながらあえいでいた。

乳首への刺激を続けながら、武石の指も絶え間なく動いていた。

触れられてもいないのに、性器がどんどん熱く育っていく。気持ちよすぎて、おかしくなりそうだ。

さらに指が二本に増やされる。

そのきつさに力が入りそうになったが、肉厚の舌で乳首をねっとりと舐め転がされると、たわいもなく力が抜けた。

「んんんぁ、……んぁ、ああ……っ」

太い二本の指で、ぐちょぐちょと深くまで穿たれた。性器の動きを思わせるリズミカルな指の動きに、武石のものを入れられることを想像せずにはいられない。存在感のある指の硬さと、自在な動きに翻弄される。

「っぁ、……んぁ、……ぁっ、あっ」

「吹雪の身体、どこも感じやすくて楽しいな」

満遍なく襞を探られたせいで、感じるところを見つけ出されていた。あの指の動きは、そのためだったのだと知る。ポイントに指の腹を押しつけられてなぞられると、腹の奥まで痺れていく。

感じるところを集中的に刺激されたことで、完全に何も考えられなくなった。

「っぁひ、……んぁ、あ、あ、そこ、……ダメ……っ」

体内からペニスをしごかれているような奇妙な体感が次々と湧き上がり、気づけばまた達していた。

「っんぁ！　……ぁ！　……んぁ、あ、あ、あ……っ！」

触ってもいないペニスが脈打ちながら反り返り、ひくついては精液を吐き出す。

武石を汚さないように、体内からあふれ出す熱いものをどうにか自分の手で受け止めたものの、勢いがよすぎて、少しその腹まで飛ばしてしまったかもしれない。

「んぁ、……はぁ、……あ、あ、あ……っは、……ん、……ごめ、……よご……した」

息も絶え絶えに言うと、武石が唇を何度も重ねながら、ささやいてくる。

「汚すのなんて、かまわない。いくらでも達しろ」

そんな言葉に震えて、吹雪は自分から足を広げた。

「このまま、……入れて」

「ん？」

「今が、いちば……っ。柔らかいから。……楽」

それもあったが、早く武石を気持ちよくしてあげたい気持ちが強かった。武石にも射精する気持ちよさを味わわせてやりたい。

誘うように微笑むと、武石はごくりと息を呑んだ。それから、息も整っていない吹雪の足を抱えこみ、硬いものをあてがってきた。

「本当に、今、入れるぞ。いいのか」

その声の切迫した響きに、ぞくっとして力が抜けた。達したばかりの身体は敏感すぎるから、ひくつきすら収まっていない襞を猛烈に押し広げられるのはつらいかもしれない。それでも、足の奥に凶悪な雄を感じると、それが欲しいとしか思えない。

「いい……よ」

早くそれを、身体の奥の深いところで感じたかった。

「んぁ、……ぁ、……ああっ、んぁあ……っ！」

覚悟して力を抜いていたはずなのに、武石がそれをずぶずぶと押しこんでくると、じっとしていられなかった。凶悪なものが襞を強引に押し広げて、奥まで貫いてくる。

そのときの独特な感覚に、吹雪はのけぞった。だが、達したばかりで感覚が元に戻っていない。いくら拒んで締めつけようとも、まるで力が入らない。

そんな体内を強烈に押し広げられ、ぞわっと鳥肌が立った。そのまま、一気に押しこまれる。

「っんぁ、……、あ、あ……」

「確かに、今はとても柔らかいな」

感動したように、武石がつぶやいた。

吹雪のほうは一気に入れられた衝撃と快感がすごくて、どうにかなりそうだった。

挿入されただけで、感じている。呼吸をするたびに、体内にある武石の狂暴なものの存在感を思い知らされる。ひくりひくりと襞がからみついた。

「すごいな。ぬるぬるだ」

武石にとっては、今の柔らかさも魅力なのか、いきなり腰を使ってきた。ぐりっとかき回される衝撃の強さに思わず身体が逃げ出しそうになったが、逞しい腕で膝と腰をつかまれていて、吹雪のほうに逃げ場はない。

「……んぁ、ぁあああ、……んぁ、あ、あ」

敏感になっている襞に与えられる快感が、思考力まで奪った。中が柔らかくうごめいて、武石のものにからみつく。密着した襞が、武石のものの形を鮮明に思い描かせた。粘膜が引きつれる感覚がまるでない。

イったばかりで挿入されるのが、ここまで気持ちいいとは知らなかった。

ぬぷ、と淫らな水音を立てて武石の性器が引き抜かれては、奥まで一気に押しこまれてくる。その切っ先がすべりよく襞を押し広げる感触が、たまらなく悦かった。

「っんぁ、……あ……っあ」

その腰が砕けそうな感覚を、たっぷりと味わう。

抜き差しされているうちに、次第に襞に締めつけが戻ってきた。まるで力が入らない柔らかな中をえぐられるのも悦かったが、中に力が入るようになっても、おかしくなりそうな快感はまるで軽減されない。叩きこまれるたびにきゅっと武石のものを締めつけるようになり、そのたびにぞくっと快感が抜けた。

そのころには、また乳首がうずき始めていた。

そこをどうにかしたくて、無意識に手が伸びる。吸われすぎて少し腫れたような乳首を指先でなぞった瞬間、ひくりと中が締まった。

それを見ていたのか、武石の指が伸びてきて、吹雪の代わりにそこをそっと摘み上げた。

「んぁ！」

「まだここ、いじり足りないのか」

言われて、吹雪は快感に潤んだ目で武石を見上げた。

武石が挿入したまま、吹雪の上体を引き上げる。危なげなく抱き上げられ、つながりを解かずに武石の腰の上に載せられる。

「んっ、……ん、ん」

　その間、武石の獰猛なものが体内をごつごつとえぐり上げた。

　武石は対面座位の格好に吹雪を引き寄せ、その胸元に顔を埋めた。そうしながらも、軽く吹雪の腰に手を添え、下から突き上げてくる。

「っんぁ、……ぁ、んぁ、はぁ、……ん……っ」

　動きを止めないまま乳首をついばまれて、ひくりと中が締まった。体内に武石を感じながらだと、中に何もないときよりもずっと感じる。

　そんな身体を、武石に自在に上下させられる。乳首を吸われ、反対側を指で転がされながら、武石の大きなものでがつがつと下から突き上げられる。

「んんんん、……っあ、……また、……イク……っ」

　ぞくぞくと身体の中で快感が膨れ上がり、蓄積されたそれが制御できない濃度にまで高まっていく。その突き上げから逃れるすべはなかった。

「ん！」

　武石の上でおもちゃのように動かされ、吹雪はまた達した。

　だが、武石自身は達してはいなかったようだ。中のものはまるで存在感を失っていない。

　自分の上で吹雪を軽く動かしてうめかせた後で、武石は満足そうに笑った。

「また、柔らかくなった」

「……っ」

その柔らかさをたっぷりと味わいたいがためにイかされたのかと思うと、ドキッとする。

だけど、先ほど味わわされた快感を思い出すと、喉がひくりと鳴った。

「動けない」

訴えると、吹雪はまた布団に横たえられた。

「ッん！」

大きく動かされるたびに、中にあるごついものが襞を擦る。その衝撃に息を詰めて、やり過ごそうとした。だが、その快感が消えないうちに武石に足を抱え上げられ、叩きつけるように激しく腰を使われる。

「っぁっん、んぁ、あ、あ、あ……っ待って……っ」

「待てない」

柔らかな中を、ガツガツとむさぼられる。

武石は勢いよく送りこみながら、指先で両方の乳首を摘み上げた。その指で小さな突起を揉みこまれながら突き上げられると、達したばかりだというのに、また新たな波が襲いかかってくることに焦った。

「っんぁ、ダメ、……たけ……いし、また……イっちゃ……」

「何度でもイっていい」

甘いささやきとともに身体の奥にとどめのように叩きこまれ、乳首もぐりぐりとなぶられたら、ひとたまりもない。

「っはぁ、……っんぁ、……あ……っ！」

びくっと身体が跳ね上がる。前回をしのぐ絶頂感に、意識が飛びそうになる。がくがくと痙攣する身体を制御するすべもなく、さらに武石に打ちこまれながら、強く抱き締められた。

「すごく、……柔らかい。気持ちいい」

これは、武石にヤバい行為を教えてしまったのではないだろうか。この柔らかさを堪能するために、何度もイかされているような気がしてならない。

「ッん……っ！」

だけど、力が入らない吹雪に、それを止める手段は何もなかった。

柔らかくなった襞にごりごりとその硬いものを押しつけられ、疲れを知らないように貫かれていると、その悦楽に腰が揺れる。

立て続けにまた達しそうになる。

達すれば達するほど、武石に責めたてられそうな予感を覚えているというのに。

最後は気絶するように、吹雪は眠りに落ちた。

ふと明け方に目を覚ましたとき、吹雪は武石に軽く抱き締められながら眠っている自分に気づいた。

軽く顔を動かして、武石の顔を探す。

昔から変わらない、無邪気な寝顔がすぐそばにあった。

それを見ているだけで、胸がいっぱいになる。

――あ……。なんか、幸せ。

好きな人と両思いになって、同じ布団で眠っている。それが、たまらなく嬉しくて、くすぐったい。

――こんな日が来ること、予想してた？　おまえ。

高校生のときの自分に問いかける。

予想していたはずがない。武石のことについては、吹雪はとりわけ臆病だった。

だけど、遠回りした分、今、手にしている幸福がことさら甘い。

武石に危険なセックスを覚えさせてしまったような予感を覚えつつも、それでも抱かれるのは幸せで、身体はふわふわするのだった。

あとがき

　このたびは、「不埒なこじらせ〜好きで、好きで、好きで〜」を手に取っていただいて、ありがとうございます。このお話は、『受ちゃんが攻のこと好きだけど、攻に恋心を知られて避けられるのが怖くて、どうしてもどうしても伝えられない』的なのが書きたいなぁ、というのが最初のコンセプトでした。

　基本中の基本なんですけど、好きなんだ！　そして、初めてやったあとに、攻が後悔しているような姿を見せて、それで受ちゃんが目撃してガーンとする、っていうのも本当に好きで、……好きシチュは何度でも書いてしまう。ちなみに乳首責めは自分にとって好きシチュとかそういうのを超えて、そうしなければいけないもの（主食）です。欠かせない！

　攻に対してのそんな初心な気持ちを抱いているのは、到底そうは思えないギャップのあるキャラがいいな、ってことで、受ちゃんは俺様ホストです。最初はそんな感じだったんですが、書いたり、いろいろ直しているうちに最初のコンセプトからずれていくのもいつものことで、たまに「このシーンが書きたい！」と思って書き始めたものの、出来上がったものにはそのシーンが入ってない、なんてこともあるぐらいなので（一回書いてはみたけど、必要ないシーンなので削ることも）、それはそれ、これはこれ。ということで、楽しんでいただければ何よりです。

このお話に素敵なイラストをつけていただいた、小山田あみ先生。ラフから仕上がったものから、惚れ惚れするほどに美しくて、画力すごい、と改めて感動しました。色っぽくも、恰好よくて素敵。本当にありがとうございます！

担当さまにも、いろいろお世話になりました。

何より読んでくださった皆様に、心からのお礼を。ご意見ご感想など、ございましたらお気軽にお寄せください！

バーバラ片桐先生、小山田あみ先生へのお便り、
本作品に関するご意見、ご感想などは
〒101-8405
東京都千代田区神田三崎町2-18-11
二見書房　シャレード文庫
「不埒なこじらせ〜好きで、好きで、好きで〜」係まで。

本作品は書き下ろしです

CHARADE BUNKO

不埒《ふらち》なこじらせ〜好《す》きで、好《す》きで、好《す》きで〜

2021年 3月20日　初版発行

【著者】バーバラ片桐《かたぎり》

【発行所】株式会社二見書房
東京都千代田区神田三崎町2-18-11
電話　03(3515)2311［営業］
　　　03(3515)2314［編集］
振替　00170-4-2639
【印刷】株式会社 堀内印刷所
【製本】株式会社 村上製本所

落丁・乱丁本はお取り替えいたします。
定価は、カバーに表示してあります。

ISBN978-4-576-21024-7

https://charade.futami.co.jp/